汪精衛與現代中國系列叢書 09

汪精衛
南社詩話 增訂本

汪精衛以「曼昭」署名之文學評論

書評讚譽

僅只一人的事跡和資料，卻足以讓我們跳脫傳統視野，
對近代中國的歷史經驗得到嶄新的認識。

美國聖邁可學院歷史學系榮譽退休教授　王克文

這套歷史文獻，見證了一個民族主義與和平主義
的信仰者，在天翻地覆的大時代裡，曲折離奇
的救亡經驗。它是認識汪精衛，也是理解這個時代
特質不可或缺的材料。

前東海大學文學院院長　丘為君

非歷史學家左湊右湊的「證據」，它是一手資料，
研究近代史的人都要看這套書不可！

《春秋》雜誌撰稿人、歷史學者　李龍鑣

為華文世界和大中華文化圈的利益計，
這套書值得我們一讀。

著名傳媒人　陶傑

過往對汪精衛的歷史評論，多數淪為政治鬥爭的宣傳工具，
有失真實。汪精衛一生：有才有情，有得有失，
有勇有謀，有功有過。記載任何歷史人物必須正反並陳，
並以《人民史觀》為標準。基此原則，汪精衛的歷史定位，
有必要重新檢視，客觀定論，一切從這套書起。

歷史學者　潘邦正

這套書非常適合歷史研究者閱讀，這無須多言，
更重要的是，書中呈現的不只是政治家
的汪精衛，還是一個活生生的人，有笑、有淚、
有感情、有情趣。

文獻學博士　梁基永

從學術嚴謹的角度來看這套書，
有百分之二百的價值。

東華大學歷史學系副教授　許育銘

這套書最重要的意義在於讓一個歷史人物可以
在應該有的位置，讓他的著作可以被重視、被閱讀、
被理解，讓我們更貼近歷史，還原真相。

國立臺灣師範大學歷史學系教授　陳登武

研究汪精衛不可或缺的資料！

三聯書店出版經理　梁偉基

這六冊巨著是研究汪精衛近年來罕見的重要
史料，還原了一個真的汪精衛。

《亞洲週刊》記者　黃宇翔

這套書為我們提供了研究汪精衛的珍貴資料，
包括自傳草稿、私人書信、政治論述、
詩詞手稿、生活點滴、至親回憶等，其中有不少是從未
面世的。閱讀這套書可以讓我們確切瞭解他的人生態度、
感情世界、政治思想、詩詞造詣，
從而重新認識他的本來面目。

珠海學院文學與社會科學院院長　鄧昭祺

不管對有年紀或是年輕的人來說，
閱讀這套書都是很好的吸收與體會。

時報文化董事長　趙政岷

汪精衛與現代中國系列叢書 09

汪精衛

南社詩話 增訂本

汪精衛以「曼昭」署名之文學評論

八荒圖書
EIGHT CORNERS BOOKS

汪精衛與現代中國系列叢書 09

汪精衛
南社詩話 增訂本

汪精衛以「曼昭」署名之文學評論

Wang Jingwei Nanshe Poetry —
Newly Compiled and Expanded Edition

國家圖書館出版品預行編目（CIP）資料

汪精衛南社詩話：汪精衛以「曼昭」署名之文學評論 = Wang Jingwei Nanshe poetry / 汪精衛作；何孟恒彙編. -- 新北市：華漢電腦排版有限公司, 2024.04
面； 公分. --（汪精衛與現代中國系列叢書；9）
ISBN 978-626-97742-8-9（平裝）

1.CST: 中國文學 2.CST: 詩詞 3.CST: 文學評論

821.8 113002880

作　　者 — 汪精衛
彙　　編 — 何孟恒
執行主編 — 何重嘉
編　　輯 — 朱安培、李耀章
設計製作 — 八荒製作 EIGHT CORNERS PRODUCTIONS, LLC
台灣出版 — 華漢電腦排版有限公司
地　　址 — 新北市板橋區明德街一巷12號二樓
電　　話 — 02-29656730
傳　　真 — 02-29656776
電子信箱 — huahan.huahan@msa.hinet.net
出版年月：2024年4月

ISBN： 978-626-97742-8-9

定價：NT$600

本著作台灣地區繁體中文版，由八荒圖書授權華漢電腦排版有限公司獨家出版。
代理經銷：白象文化事業有限公司
地址：401 台中市東區和平街228巷44號
電話：04-22208589

eightcornersbooks.com | wangjingwei.org

汪精衛紀念託管會獻給何孟恆與汪文惺

目錄

前言

南社的代表人，可以說是汪精衛。

柳亞子

1930年代汪精衛攝於南京

序｜楊玉峰

曼昭」便是汪精衛，而非李曼昭──「南社詩話」手稿全篇出版敍言

・・・・・・

一、汪精衛「南社詩話」手稿全篇面世

「南社詩話」的署名作者「曼昭」是汪精衛（1883-1944）的説法，隨着詩話全篇的鋼筆字手稿的面世，應該可以塵埃落定了。經過比對了汪精衛紀念託管會提供大量的汪氏的鋼筆書信（圖一及圖二），「南社詩話」鋼筆手寫全稿確是汪精衛的真跡。過去一些學者推測「曼昭」是汪精衛，如今得到了實證的支持；但一些提出質疑的學者，尤其是2013年汪夢川先生發現江絜生（1903-1983）的一則札記資料，內裏提及汪精衛本人向江氏透露「曼昭」是「李曼昭」，因而判斷「南社詩話」的署名作者「曼昭」顯然不是汪精衛本人，他的理據又如何解讀？這裏，回顧一下自筆者點校的「南社詩話」[1]出版後引起三十年來有關「曼昭」是否即汪精衛的論辯情況，以及對曼昭是李曼昭的説法加以梳理，那將是饒具意義的工作，使大家明白到學術研究必須讓資料説話及愈辯愈明的真理。如今「南社詩話」一百三十三頁手稿全部付印，洋洋灑灑一氣呵成的汪精衛鋼筆字體，絕對不是他人可以模仿或作偽的；撲朔迷離已久的「曼昭」其人，也就無所遁形了。

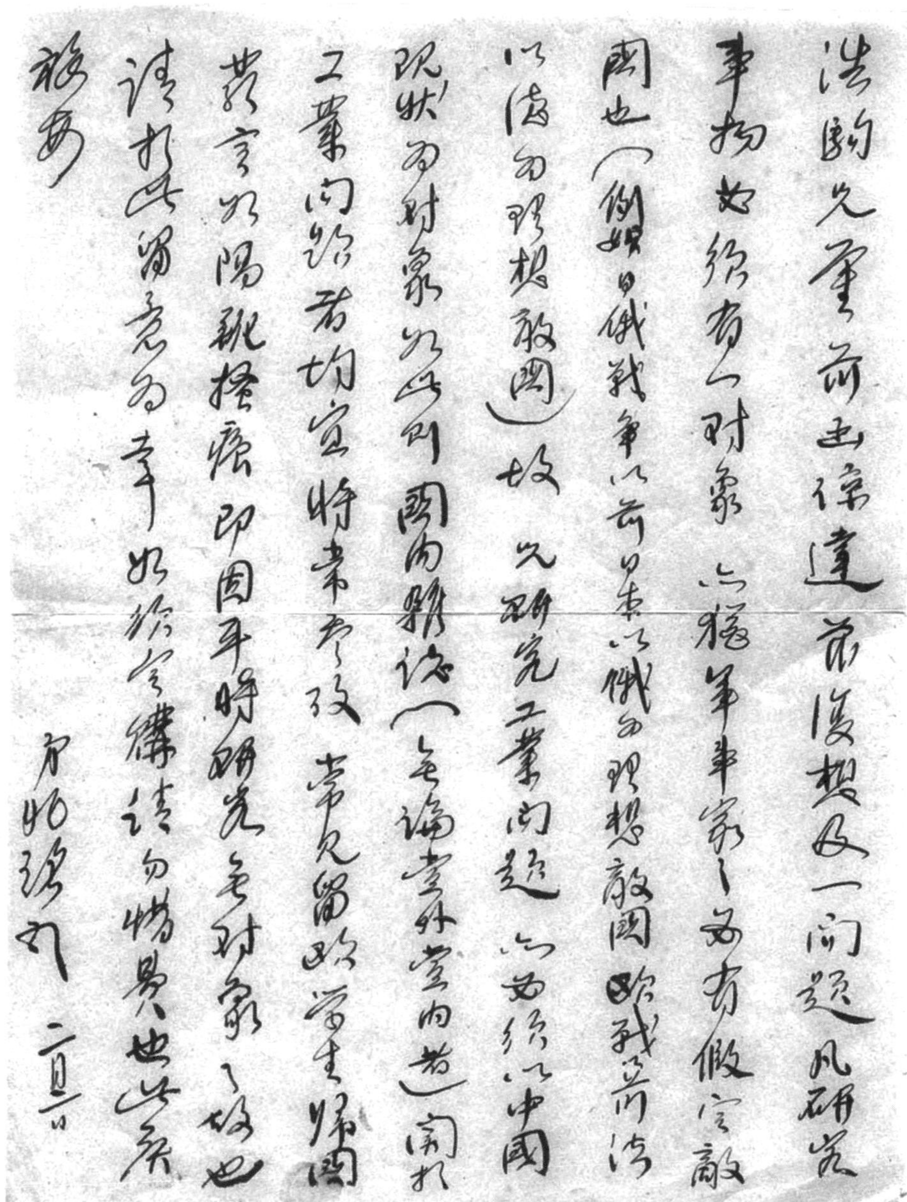
浩鈞先生：前函諒達，前後想及一問題，凡研究
事物必須有一對象，亦猶軍事家之必有假定敵
國也（例如日俄戰爭以前日本以俄為理想敵國，歐戰前法
以德為理想敵國）。故 先生研究工業問題，亦必須以中國
現狀為對象，如此則國內難題（無論對外對內者）闡明，
工業問題，若均宜特別參考。常見留學生歸國
其言如隔靴搔癢，即因平時研究無對象之故也。
請於此留意為幸。如須參讀之情形，望告也。此候
旅安
[illegible] 二月

圖一

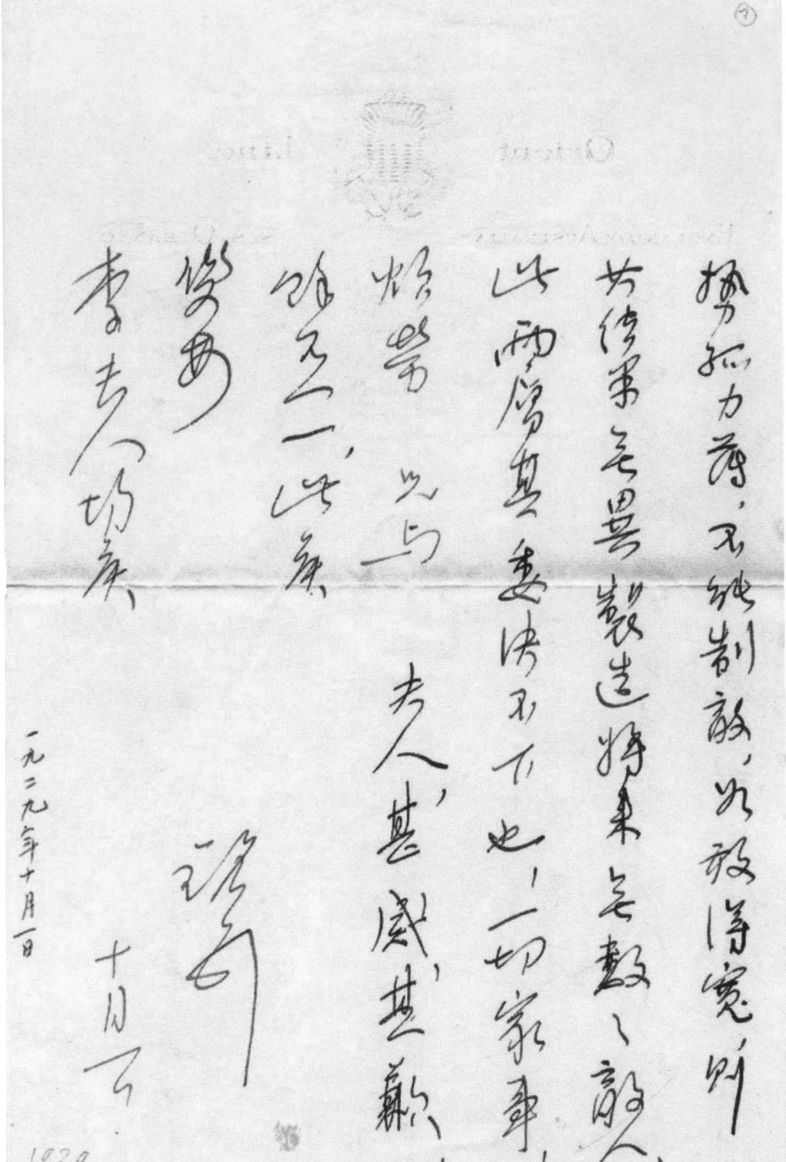

協和力薄，不能削敵，以致滑寬，則
共結果无異製造將來无數之敵人，
此兩層為要決不可也。一切家事，
煩勞 先生 夫人，甚感甚歉，
唯兄一一，此候
儷安
李夫人均康
兆銘 十月一日

一九二九年十月一日

1929

圖二（正）

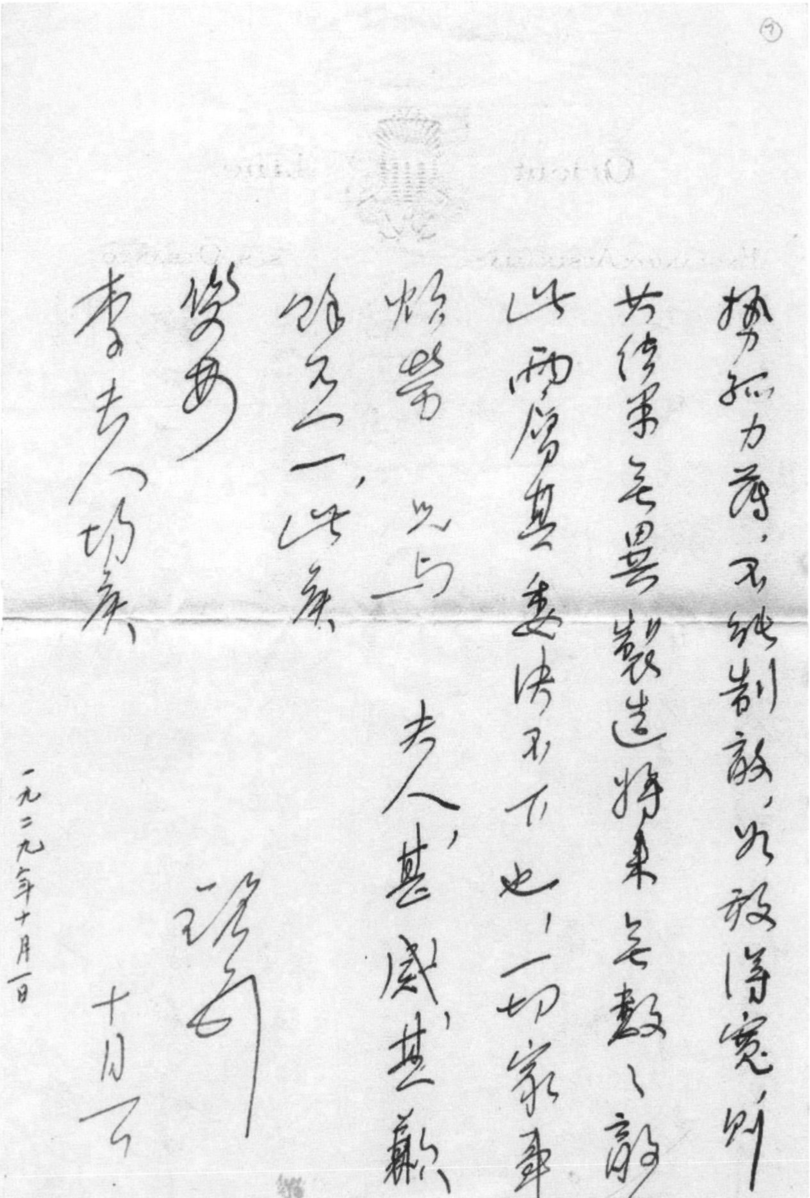
勢極力籌，不能制敵，以致得寬，則
其後果無異製造將來無數之敵人，
此兩層無要法不下也，一切家事，
煩勞 先生 夫人，甚感甚歉，
順頌 一一此候
儷安
李夫人均候，
十月一日
一九二九年十月一日
1929

圖二（背）

二、校點本曼昭「南社詩話」引起的討論

早於上世紀九十年代中，筆者根據香港大學馮平山圖書館所藏的「南社詩話」抄本，對照發表在《中華日報》和《古今》上的詩話，首次整理出曼昭著「南社詩話」，與牛仰山先生校點的胡樸安「南社詩話」，合編成《南社詩話兩種》，列為《國際南社學會叢書》之一出版。在「校點與體例説明」之中，嘗試以詩話內容、相關論述及聽取友人沈哂之和馬以君兩位先生意見，初步考證了「曼昭」應是汪精衛[2]。然而礙於汪精衛有一首在四十年代初撰寫的〈為曼昭題《江天笠屐圖》〉難以解釋，當時推想可能是編纂汪精衛詩詞者摻雜之舉，苦無確證，所以行文還是有點保留的。其後因無新材料，自然也沒有進一步的補充。直到差不多十年之後，「曼昭」是否即汪精衛才引起學者較多的探討。根據筆者所知，不外質疑或贊同，主要的論辯文章如下。

2006年南開大學汪夢川先生發表〈汪精衛與南社「代表人物」説〉一文，指出「曼昭」並不是汪精衛，卻沒有道出立論的原因[3]。及至2012年9月，時在大學讀四年級的宋希於先生，看了汪夢川先生註釋的《雙照樓詩詞藁》一書[4]，發覺其中〈為曼昭題《江天笠屐圖》〉一詩的解題，只簡略地注釋道：「曼昭：真名待考。著有『南社詩話』。」[5]顯示汪夢川先生仍然對「曼昭」是不是汪精衛難下判斷。於是，宋先生寫了一篇題為〈「曼昭」是誰？〉的文章，指出「曼昭」應是汪精衛：

> 筆者很願意相信曼昭就是汪精衛本人。可惜，為穩妥起見，就現有的材料筆者不能下十分的定論。以上拉拉雜雜所述的這些，也只是筆者個人的猜測和探究而已。[6]

上述文字，可見宋先生即使談了不少問題細節（很多與本人的序言所論相近），結果自己同樣不敢論定，只謹慎地説是「個人的猜測和探究」，這其實和汪夢川先生的「真名待考」差別不大。也許正因宋先生仍是心存疑惑而題畫一詩

也難以解釋，他於文章刊出後兩天，即2012年9月4日，不知從何得知我有「曼昭」應是汪精衛的看法，他發了一則標題「關於『曼昭』究系何人的請教」的電郵給我，介紹了自己的文章，並要求我告知如何論證及在哪裏談過這問題，還客氣地希望我把相關的專門著述「賜讀為荷」，最後又解釋「您的郵箱是新浪微博上我素不相識的台灣林姓教授[7]見告的」（電郵仍存於本人的郵箱）。當時我感到有點莫名其妙，想到若然宋先生不敢確定「曼昭」其人，卻又知我有相關論述，何以不先與我聯絡，反而待文章刊出後才討教？縱使內心有疑惑，我也回覆了宋先生，說指出個人觀點見諸《南社詩話兩種》（不解宋先生何以沒有看到是書）的「說明」，請他找來過目，並強調因缺乏新材料，觀點依舊，難以補充。之後，宋先生也再無回應了。反而另一位陳曉平先生讀了宋先生文章，感覺不夠決斷，於是寫了〈「曼昭」就是汪精衛〉，發表在同一刊物之上，以示支持。[8]

相隔一年多，南京大學高平先生把博士論文修訂出版，書名《南社詩學研究》[9]。論著末有附錄一種：〈南社詩話類著作考索〉，其中述及曼昭「南社詩話」的作者，認為「曼昭」不是汪精衛。他主要拿詩話內一則「曼昭」談及於坊間見到《汪精衛集》四冊和《汪精衛詩存》，兩書錯字甚多，於是便買了兩書及附信一併寄給汪精衛，查詢「此等出版物曾得其允許否」？高先生又以1932年7月27日柳亞子〈致姜長林〉一函中批評「曼昭」詩話議論不太高明，與柳亞子其時推崇汪精衛詩作的言論相反，因而判定「曼昭」不是汪精衛。[10]

就第一點來說，《汪精衛集》應指恂如編，1929年上海光明書局出版的平裝四冊本，而《汪精衛詩存》則是雪澄編，1931年同樣由「光明書局」出版。試看詩話如何記載汪精衛給「曼昭」的回覆：

> 弟文本以供革命宣傳之用，不問刊行者為何人，對之惟有致謝。至於詩則作於小休，與革命宣傳無涉，且無意於問世……數年以前旅居上海，葉楚傖曾攜弟詩藁去。既而弟赴廣州，上海《民國日報》逐日登

> 弟詩藁。弟致書楚傖止之，已刊布大半矣！大約此坊間本即搜輯當時報端所刊者。刊布尚非弟意，況於印行專本乎？訛字之多，不必校對，置之可也。[11]

汪精衛覆信表面看似強調不願把無關革命的詩作刊布，但信中重點實是不滿出版社不得他同意便把自己作品出版。顯然他有意假借「曼昭」的發現，實則夫子自道，批評出版社的不當行為及把自己著作弄得錯字百出。這意圖其實可從稍後曾仲鳴為編輯《小休集》寫的跋文（1930年6月）中再次引述以上詩話得到佐證。

至於高先生徵引的柳亞子〈致姜長林〉一信，並非寫於1932年，而是寫於1933年3月2日的另一封，部分內容如下：

> 曼昭議論，我覺得不很高明，而且有顧前不顧後的毛病。因為倘然是老汪，自己早就變節；倘然不是老汪，也不過是變節漢的徒子徒孫而已。[12]

高先生只引用了前一句，卻不顧更要害的後一句。其實即使柳亞子批評「曼昭」的「議論」，與他之前讚譽汪精衛的「詩作」，兩者並不矛盾，畢竟議論和創作是兩回事；何況柳亞子對其時的汪精衛已有不滿，信中指斥為變節漢，所以對詩話不免也有因人廢言的意氣情緒。退一步來説，信中柳亞子也沒有具體説出詩話如何不太高明，實在難以判斷他的評價是否合理。

事實上，汪夢川先生註釋本《雙照樓詩詞藁》的出版，不僅引起宋希於先生對曼昭的興趣，而且喚起居住美國的華人退休學者汪威廉教授的注意，藉此披露了他獲得的珍貴的資料訊息，便是曼昭「南社詩話」的鋼筆字手稿複印本。汪威廉教授根據友人吳興鏞送他的「南社詩話」複印件，寫成〈曼昭汪精衛同為一人——「南社詩話」手稿的發現〉，於2013年12月發表在《明報月刊》上，立即吸引各方重視。汪威廉教授文中提到吳教授收藏的手稿影印本，「是現住美國加州長堤的汪文晉（亦作文嬰、孟晉）老先生親手交給他的。」[13]汪文晉（1913-2011）是汪精衛的長子，換言之手稿原是汪家的家藏本。汪威廉教授文章內容豐富，談到了《雙照樓詩詞藁》的不同版本，又把手稿與其他的「南社詩話」比照，尤其拿本人整理的「南社詩話」對讀：

> 我瀏覽一通，全稿包括三十多則。內容跟人大《詩話》幾乎完全相同。只是人大版有系統地重新編排，並冠以相關人名。[14]

據汪威廉教授分析，證明過去各種發表或手抄的詩話是以手稿為底本的。另外，他又以「曼昭」鋼筆字手稿對比1940年香港「藍馬柯式印務公司」承印的「非賣品」版《雙照樓詩詞藁》內的兩幅汪精衛毛筆書法，認為：

> 雖然插圖是毛筆行書，而「南社詩話」手稿用的是鋼筆，仔細對照比較，筆跡相同，可見都出自同一寫手。這正符合我所提出的假設條件，直接證實曼昭和汪精衛是同一個人。[15]

至於一直以來難以辯解的那首〈為曼昭題《江天笠屐圖》〉詩，汪威廉教授以為：

> 再看看周世安先生所撰《不負少年頭—汪精衛雙照樓詩詞稿揭秘》（台北，新銳文創，2012），他根據的兩個底本是1929年上海出版《民國叢書》中的《汪精衛集》，及日本黑根祥作編輯的1941年北京版，沒有包括《三十（1941）年以後作》一卷。全書找不到為曼昭題畫詩和任何跟「曼昭」有關的資料。[16]

汪威廉教授以周世安採用兩種汪精衛集均沒有〈為曼昭題《江天笠屐圖》〉一詩，便把問題含混過去，其實並沒有將疑團解開。難怪一直質疑「曼昭」不是汪精衛的汪夢川先生，因緣獲取一則新材料，又感到汪威廉教授用毛筆字比對鋼筆字跡來認定同出一人之手稍欠說服力，於是便撰文針對汪威廉教授的觀點，正式提出「曼昭」不是汪精衛的判斷。

三、江絜生札記中李曼昭不可能是「南社詩話」的署名作者曼昭

汪夢川先生的文章題為〈汪精衛與曼昭及「南社詩話」考辨〉，刊登於《南京理工大學學報（社會科學版）》28卷1期之中[17]。其實汪夢川先生文之前曾於2014年9月「第二屆中華南社學壇」上宣讀，當時筆者也應邀參加，可惜因與汪夢川先生被編在不同組別同時作報告，無法聆聽汪夢川先生高論，況且汪夢川先生於會前提交的論文題目也不是此文，不知何故臨時更改了。及後文章在學報刊出，我才知道汪夢川先生發現了一則江絜生的〈吟邊扎記〉，內裏提到汪精衛親自向江絜生說「曼昭」是李曼昭。汪夢川先生文又謂江絜生曾於三十年代任職南京政府監察院，確有其人，他的札記並無杜撰必要。如此一來，「曼昭」便是李曼昭，過去主張是汪精衛的說法，不攻自破。然而奇怪的是，汪夢川先生即使認定「曼昭」是李曼昭，但他又以「南社詩話」內容有一些疑似出自汪精衛手筆，部份又不涉及南社的詩話，與南社關係不大。結果，汪夢川先生只能得出模稜兩可的結論：

> 總之「南社詩話」呈現出非常複雜的面貌，可能最初由一人（李曼昭？）提出倡議，最後由多人共同完成。但若要一一確指某條為某人所作，那又幾乎是不可能之事。這或許是「南社詩話」不能讓個人專美、而知情者也沒有將其歸於某一個人名下的原因。[18]

的確，「南社詩話」內容較蕪雜，其中有不少與汪精衛其人其思想密切契合的文字，此之所以有不少學者推測「曼昭」即汪精衛的立論理據，宋希於、陳曉平兩位和本人，以及張憲光先生的紮實文章〈「南社詩話」與雙照樓詩詞〉[19]，都不是無的放矢，這裏不再重複。只不過因「南社詩話」體例不嚴，評說又順筆

隨意，確實讓人容易挑出一些小問題。證諸鋼筆原稿，全篇書寫流暢，改動不太多，作者自己顯然也無仔細審閱，有些引詩更暫且漏去，頗有留待他朝查找補上的意思。撰著匆匆，這也許就是為何不以真名示人的一種原因吧！

汪夢川先生即使對「南社詩話」內容與汪精衛的關係難作判斷，但基於江絜生的札記（篇名作「扎記」），他認定「曼昭」便是李曼昭，而為何李曼昭是署名作者，他「大膽推測」道：

> 「南社詩話」並非某人獨撰，而是多人寫作編纂的成果；而「曼昭」只是當初發起人之名。進一步說，曼昭「南社詩話」既有汪精衛所寫，也有其他人執筆。如果此說成立，那麼前述種種矛盾都可以迎刃而解，更遠比所謂「障眼法」之解釋合理。而需要說明的是，李曼昭並非南社社友，不過即便如此，以社外人士寫作「南社詩話」也沒有問題，故啟事中稱「南社諸同志」也很正常，不能因此確定「曼昭」必為南社社友。[20]

汪夢川先生的想法的確「大膽」，本身便自我設下兩大「障眼法」：一是假設李曼昭是「當初發起人」；其二，「以社外人士寫作「南社詩話」也沒有問題，故啟事中稱『南社諸同志』也很正常，不能因此確定『曼昭』必為南社社友。」這猜想更為牽強。

大抵汪夢川先生也自知很多觀點難以自圓其說，只是江絜生的札記給予他信心去推翻之前曼昭是汪精衛的看法，所以他在文中拿着這重要資料，大聲強調：

> 總之，「障眼法」三字，何以服天下？若要認定曼昭即汪精衛，尚須依據過硬材料來「闖三關」：第一，必須證明汪精衛《雙照樓詩詞藁》中的那首〈為曼昭題《江天笠屐圖》〉詩為偽作；第二，必須推

翻江絜生的記載；第三，必須合理解釋「南社詩話」中作者與汪精衛的直接交往，以及作者對汪精衛事蹟的第三人稱敘述。[21]

在未回應汪夢川先生提出的「闖三關」疑問之前，要指出汪夢川先生對汪威廉教授認定「南社詩話」稿本出自汪精衛手筆曾表示質疑，甚至避開字跡的關鍵問題，他在文章說：

> 筆者眼界不廣，《汪精衛日記》原稿亦無緣寓目，故除此「手稿」之外，尚未見到其他汪氏鋼筆手跡，所以也不敢由此確定「手稿」為汪氏真跡，更不能因此判定「曼昭即汪精衛」。[22]

事實上，汪夢川文宣讀及刊出前後，汪夢川先生有感研究成果取得突破，早於2014年5月11日在網上百度「微塵草芥吧」發帖傳播，帖名〈民國報刊：「曼昭」的正是身份是「李曼昭」〉，汪夢川先生化名「楚心魔」重申「曼昭」不是汪精衛的重大發現，引來了網民的注意[23]。及後於2015年5月，「微塵草芥吧」另發一帖，題名〈汪精衛鋼筆信？〉，把網友提供的一些汪精衛鋼筆手跡上載，與「南社詩話」參照，比對之下，卻令汪夢川先生感到有點不安：

> 字跡比對我不在行，不過粗略看來，整體風格似較為接近；有些字非常像（如「鑒」、「謹啟」等）；但也有些字差別較大（如「其」、「分」、「者」等，不過也許是因為手稿更為潦草）。我在寫〈汪精衛與曼昭及「南社詩話」考辨〉的時候，也曾經預料過有這種情況。只是畢竟沒有見到《詩話》手稿原件全部，無法與《中華日報》及人大出版社刊本《詩話》逐一對比，所以仍舊不敢斷言（畢竟〈為曼昭題江天笠屐圖〉以及江絜生的《吟邊扎記》所記實在很難解釋）。僅就手稿披露的兩頁而言，啟事文字與加拿大抄本完全相同；而詩話第一條的文字，則手稿、《中華日報》以及人大刊本互有出入。據汪威廉所言，「全稿包括三十多則，內容跟人大《詩話》幾乎完全相同」，但是人大《詩話》及《中華日報》所刊內容遠遠不止三十多

則，所以最重要的是，「手稿」中有沒有以第三人稱寫汪精衛（甚至曾仲鳴）等人的內容？另外，模仿鋼筆字比模仿毛筆字更容易。汪精衛的毛筆字，當時即頗有人模仿得很像（如曾仲鳴、龍榆生），鋼筆字當也不無這種可能。考慮到曾仲鳴是《南華日報》的負責人，而《詩話》最早就是發表於《南華日報》，如果「手稿」是曾仲鳴的手跡，那汪精衛將其珍重收藏就很有可能。此外我還有一點疑問，以我所知，汪孟晉似乎對汪精衛的文學活動沒有什麼興趣，他手中保留此手稿數十年也讓我有點意外。換句話說，如果這份手稿出自汪文惺或何文傑之手（何文傑《雙照樓詩詞藁讀後記》曾提及「南社詩話」，但沒有說與汪精衛有關，而且他們似乎並不知道有此手稿。），或者可信度要大得多。[24]

汪夢川先生看了網友提供的手跡，也不禁動搖了自己在論文的觀點。他只勉強以鋼筆字更易模仿來自我安慰，及以「畢竟《為曼昭題江天笠屐圖》以及江絜生的《吟邊扎記》所記實在很難解釋」來繼續堅持而已。

至於汪孟晉收藏手稿多年的疑問就更與稿件的真偽問題無關。若然汪夢川先生看到「南社詩話」手跡全稿及相信汪威廉教授對字跡的判斷，那麼問題主要餘下江絜生的札記及〈為曼昭題《江天笠屐圖》〉一詩。

江絜生正如汪夢川文所說，確有其人，三十年代任職國民政府審計院，歷任科員、專員（見《審計院公報》2卷12期，1930年及第69期，1936年），但不是汪夢川先生所說的在監察院工作。江絜生擅寫詩詞，有詩贈汪精衛，題為〈精衛先生見示其秋庭晨課圖記仁孝移人哀音永世失母之兒何堪讀此深宵綴句淚溢乎辭即呈精衛先生〉[25]。他的隨筆《吟邊扎記》不僅在《青年嚮導週刊》刊登，也和詩詞創作時常出現在抗戰期間盧前（1905-1951）主編的《民族詩壇》之上，是一名愛國的文人。作品如古體〈新軍行〉、〈述戰〉，五律〈革命先烈紀念日陶園口占〉（1938-1939年發表）等，充滿反戰及民族情緒。

至於汪精衛向江絜生提到的李曼昭，汪夢川先生在論文只說「筆者迄今還沒有查到其他準確資訊」。所以，江絜生複述汪精衛形容李曼昭的話，便值得仔細研究了。其中有幾點需要份外留意：

一、李曼昭與南社中人，「絕少往還」，只是「民元前」略通聲氣，當時他身處南洋，任報館主筆；

二、民元之後十餘年，「因痛恨國事」，不願「再入國門一步」；

三、留居南洋，「娛讀書卷」；

四、除了一二報館友人，他人來信絕不回覆。

試問一個與南社社員極少往來，又長期與中國社會隔絕、主動疏遠友朋的自我放逐的人，單憑常理來說，他怎會是在三十年代發起或參與撰寫「南社詩話」的角色？我不想猜測汪精衛為何要以李曼昭來應付江絜生的詢問，否則又會被汪夢川先生指斥為「障眼法」之說。但要大家相信個性「孤介」的李曼昭就是「南社詩話」的「曼昭」，恐怕比「障眼法」更難以令人置信啊！況且「南社詩話」手稿的署名由「鑑昭」、「澄昭」最終改成「曼昭」，顯然那是某人的筆名，而非實名。若果最初李曼昭是發起人或作者之一，何不落筆便直接寫上曼昭或李曼昭？試問又有何顧忌？

四、〈為曼昭題《江天笠屐圖》〉中「曼昭」另有其人

既然「南社詩話」的「曼昭」是汪精衛，那〈為曼昭題《江天笠屐圖》〉一詩又作何解釋？除非詩歌是偽作，否則「曼昭」一定另有其人。這裏有兩點可以初步肯定：一，詩題中的「曼昭」不可能是汪精衛向江絜生提到的李曼昭，因時間不吻合；二，這位「曼昭」必然是一位懂得繪畫的美術家，而汪精衛題寫的該是他的作品，不會是他的藏品。關於這位「曼昭」，汪夢川先生承認「沒有李

曼昭的其他準確資訊」，卻又肯定詩歌是汪精衛作品，所以他始終解不開這詩「自題己畫」的疑團。

然而根據筆者掌握的材料，四十年代初有一位美術家李曼昭，在當時的刊物上有作品發表，主要是漫畫和木刻。這位美術家李曼昭，對我們理解汪精衛一詩中的曼昭將會有莫大幫助。現把所見李曼昭的作品開列如下：

一、〈失業之家〉，署「曼昭作」，《漫畫月刊》第2期，1941年6-7月，頁3；

二、〈大家來負起這神聖任務〉（目錄頁上題作〈畫人任務〉），署「李曼昭作」，同上，頁17；

三、〈都會風光〉（漫畫四幅），署「李曼昭作」，《永安月刊》第31期，1941年11月1日，頁32；

四、〈出發〉（木刻），署「李曼昭作」，《中華畫報》1卷3期，1943年10月1日，頁27；

五、〈裡外休息〉（木刻），同上。

李曼昭發表的漫畫和木刻，水平甚高，題材寫實，畫作風格近似豐子愷一路，時在1941至1943年間，可是之前或之後在相關刊物上並無他的作品踪影。需知當時正值戰亂，人的存亡或生活難以預料。值得注意的是刊出他作品的刊物，都是在戰時上海出版，那是汪精衛掌權主政的年代。《漫畫月刊》由「上海漫畫社」創刊於1941年5月10日，主編鄭天木、金罍、薛奇逢，社址位於上海西摩路四八六號。第2期缺出版日子，估計應在1941年6-7月間。本筆者只看到兩期《漫畫月刊》，無論圖文，皆與社會民生有關，政治立場並不明顯。據編者所說，創刊號內容得到著名藝術家錢君匋很大的幫忙[26]。而《永安月刊》由「上海永安有限公司」出資於1939年5月1日創辦，主編鄭留，綜合性雜誌，倡導都市生活情趣，所謂「藉文字之力，將寧靜其精神，鼓勵其振作，輔助其發展，裨益其身心，則永安月刊創標之在是矣。」（見篇前〈創刊小言〉）

另一《中華畫報》更值得關注。此刊與汪精衛關係密切，它是汪系「上海中華日報社」旗下的雜誌，社長是汪精衛屬下要人林柏生（1902-1946），主編蕭劍聲，於1943年8月1日創刊，社址在上海北河南路五十九號，封面特意標明是「宣傳部特許編印」，難怪〈發刊詞〉中有〈確立東亞共榮圈〉的副題。李曼昭的兩張木刻畫便是登載第三期的〈漫畫與木刻〉欄之中。

至於汪精衛的〈為曼昭題《江天笠屐圖》〉一詩，最初發表在1942年11月15日《同聲月刊》2卷9號同聲社採輯〈今詩苑〉之中，與另一首〈石頭城晚眺〉詩同時刊出（頁98）。又因此詩初刊時把最末一句的「激滿胸」錯排成「淚滿胸」，於是再把全首在2卷11號（1942年12月15日，頁91）上登載。因一字之誤而重登詩作，汪精衛的特殊地位可想而知。[27]

查《同聲月刊》是「同聲月刊社」的刊物，由著名詞人龍榆生（又名沐勛，1902-1966）主理，1940年12月20日創刊於南京（社址南京陰陽營二十三號，1942年10月遷往南京漢口路十九號），很明顯它是附汪精衛的刊物，傾向與日議和，因而取名「同聲」（見創刊號〈同聲月刊緣起〉）；至4卷3號（1945年7月15日）停刊。由此得知〈為曼昭題《江天笠屐圖》〉是1942年11月或稍前汪精衛為一位畫家題寫的詩作，那曼昭必定是當時存活於藝壇又與汪精衛有點關係的美術作家。按照時地來看，四十年代初在上海刊物上發表漫畫和木刻的李曼昭，最有可能便是請汪精衛題詩的畫家。他得到汪精衛的題畫詩之後，跟着便有木刻作品在《中華畫報》上發表，時間上和地域上也就非常吻合。

五、結語

「南社詩話」鋼筆手稿的面世，證明作者「曼昭」便是汪精衛，而一些有關兩者看來矛盾的材料或論說，筆者也不厭其煩地解釋清楚，特別是江絜生札記提到的南洋李曼昭及〈為曼昭題《江天笠屐圖》〉中的畫家「曼昭」，都絕不是「南社詩話」的發起人或作者，這是不容置疑的。或許發表漫畫和木刻作品的李曼昭即詩題中的「曼昭」，礙於缺乏確證仍會受到質疑，但至少知道與汪精衛同時存活又有點粘連的，起碼有一位名叫「曼昭」的美術家，他的存在，足以把汪精衛自題畫作的疑團打破。其他詩話內容的枝節問題，看了手稿，相信不是汪精衛落筆時自覺到的。設想詩話全稿並非一時完成，汪精衛本人又政務纏身，斷續之間又怎會細察前言不對後語？加上內容也非全是有關南社的，難怪詩話會被假設為集體的創作了。這些瑕疵或「障眼法」，都動搖不了汪精衛便是「南社詩話」作者「曼昭」，也無損它在南社和汪精衛研究上的價值及意義！

•

楊玉峰，香港大學中文學院副教授，博士、碩士生導師。長期從事南社、現當代文學、中國婦女文學的研究和授課工作。歷任香港大學中文學院主任(2007–2011)、「國際南社學會」秘書長、「陳英士研究會」顧問、中國社會科學院文學研究所中國近代文學學會南社與柳亞子研究分會副會長(2012–) 等。著有《煉石攻玉、思想啟蒙—夏丏尊譯介日人著譯的現代化意義》(香港：中華書局，2017)、《探索與鉤沉：現代女作家與中國婦女解放問題》(北京：中國文聯出版社，2013)、《南社著譯敍錄》(香港：中華書局，2012)、《世紀南社、書畫百家》(國際南社學會，2009)等；主編《南社叢書》、《國際南社學會叢刊》編輯。榮獲2010年度香港大學傑出研究生導師獎。

1 見曼昭、胡樸安著，楊玉峰、牛仰山校點：《南社詩話兩種》，北京：人民大學出版社，1997年，頁1–80。

2 見前，頁5–6。

3 見《江漢論壇》2006年4期，頁114—116。

4《雙照樓詩詞藳》，香港：天地圖書有限公司，2012年4月。

5 見前，頁323。

6 見《東方早報·上海書評》2012年9月2日，B13版。

7 網名是@香香公主and雙胞胎媽咪。

8《東方早報·上海書評》2012年9月16日，B15版。

9《南社詩學研究》，鄭州：河南文藝出版社，2013年11月。

10 見前，頁244。

11 見本書頁44，手稿見書頁147。

12 見上海圖書館編：《柳亞子文集·書信輯錄》，上海：上海人民出版社，1985年10月，頁152。此信筆者曾在校點「南社詩話」後的〈校點及體例說明〉原稿中，與另一封1932年7月27日〈致姜長林〉信一併應用，可是當年出版社的編輯把筆者原稿擅加改動，將原本徵引1932年的信中一段柳亞子「有點疑心是老汪的化名」刪去，結果只留下另一信「曼昭議論，我覺得不很高明，而且有顧前不顧後的毛病」這一句，並且混淆了信的年份和出處。及後書本面世我才發覺，卻為時已晚。想不到高先生逕直引用校點本「南社詩話」，以致錯上加錯，筆者在此深表歉意和遺憾！

13《明報月刊》2013年12月號，頁45–46。

14 見前，頁47–48。

15 見前，頁47。

16 見前，頁46。

17 汪夢川：〈汪精衛與曼昭及「南社詩話」考辨〉，《南京理工大學學報（社會科學版）》28卷1期，2015年1月，頁12–18。

18 見前，頁17。

19 張憲光：〈「南社詩話」與雙照樓詩詞〉，《書城》2015年2期，頁42–47。

20 汪夢川：〈汪精衛與曼昭及「南社詩話」考辨〉，頁16。

21 見前，頁15。

22 見前，頁14。

23 摘自https://tieba.baidu.com/p/3043248685？red_tag=3581038077；2018年2月20。汪文其後於網頁上被刪除，特此說明。

24 摘自https://tieba.baidu.com/p/3756228665？red_tag=0653983819；2018年2月20。汪文其後於網頁上被刪除，特此說明。

25 見《民族詩壇》1938年4期，頁56。

26 見〈編輯室談話〉，頁29。

27 汪夢川先生在網帖〈民國報刊：「曼昭」的正是身份是「李曼昭」〉上也說到：「此詩之出處，則最早刊於龍榆生主編之《同聲月刊》第2卷第10號（1942）『今詩苑』，後來因發現最末一字被手民誤排，故第2卷第11號再次更正刊載。龍氏與汪精衛往來密切眾所周知，而且其時汪氏尚在世，當不會誤收。至汪氏去世後，陳璧君等裒集其遺作為『未刊稿』一卷，此詩亦在其中。後來龍榆生又將『未刊稿』刊載於《同聲月刊》第4卷第3號，《雙照樓詩詞稿》中『三十年以後作』一卷亦取材於此。故若謂此詩為他人之作竄入，實在絕無可能。」若然汪先生知道畫題中曼昭另有其人，所謂汪精衛自題畫作的疑點便不存在，更不需為詩的真偽作出辨解了。

編輯前言

「南社」於1909年由柳亞子、陳去病和高旭發起，並在蘇州成立，是清末一群文人以排滿與革命為目的而組成的文學團體，取名特與北滿對立。從成立到1923年解散，社員共達千人，且在政治、教育、翻譯乃至科學諸多領域建樹良多。[1]汪精衛於1912年赴法前遞交入社書，正式成為「南社」一員，柳亞子曾說「南社的代表人物，可以說是汪精衛」[2]；1923年新「南社」成立之後，汪精衛繼續參與活動。

1930、31年間汪精衛以「曼昭」為筆名在香港《南華日報》連載「南社詩話」（已佚），內容包括南社社員遺作、逸事及詩論等等；1932年10月18日起在上海《中華日報》副刊「小貢獻」[3]重刊，至1933年3月29日為止，重刊並非每日連載，僅刊其中114日，更出現同一則內容散見七日刊登且次序混亂的情況。雖然如此，《中華日報》仍為現存刊登「南社詩話」內容最多的版本。多得科技普及，讀者現可於網上得覩《中華日報》的報影；而另一份的上海《社會日報》亦於1932年10月19日至1933年3月21日期間，刊出搜羅得到的「南社詩話」遺篇，共147日。其篇幅較短、所載亦較《中華日報》少，卻載七則獨有內容。

自「南社詩話」發表後，世人多對作者「曼昭」的身份論議紛紛，甚至有蓋過探討詩話本身價值的跡象。《汪精衛南社詩話》的印刷本於2019年出版，首次公開汪精衛本人的鋼筆字手稿，為一直以來圍繞「南社詩話」的眾多疑問，提供客觀有力的證據。印刷本以現存的汪氏手稿內容為主，整理而為三十七則，惟現存的「南社詩話」內容不止於此。在搜羅各種材料及仔細校對斟誤後，如今再得手稿以外共十六則內容。為令讀者得覩最完整的「南社詩話」，本書把手稿三十七則與新得手稿以外十六則內容全數謄錄，並按文理與事理線索加以疏理、重編成《汪精衛南社詩話》增訂本，共計五十三則，以饗讀者。

「南社詩話」的保存與流傳實有賴汪精衛女婿何孟恒先生[4]的付出與努力。何氏曾謄錄《南社詩話》，來源據1984年5月何氏手記：「南社詩話民十九一二十年間（一九三〇一三一年）刊登香港南華日報，曾醒女士剪輯收藏。此冊據周君抄本。民國三十年（一九四一年）十一月重載上海出版之古今半月刊第三十四期，未寓目。江芙手錄並記。」

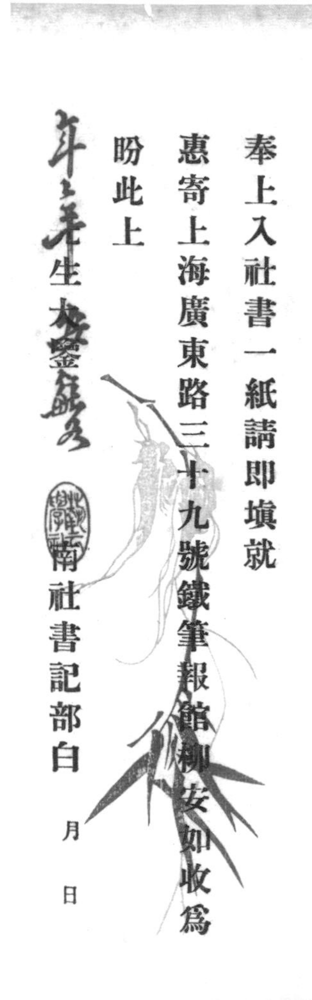
奉上入社書一紙請即塡就
惠寄上海廣東路三十九號鐵筆報館柳安如收爲
盼此上
南社書記部白
月 日

南社入社書(楊玉峰教授提供)

何氏據周君抄本抄錄一冊（下稱《何抄本》），經校訂及再次謄錄後（下稱《何校本》），以筆名「江芙」將《何校本》之影印本贈予香港大學、哥倫比亞大學胡佛研究所圖書館等學術機構，以祈保存「南社詩話」，並為有志研究「南社詩話」的學者提供貴重材料。如今曾氏剪輯本與周君抄本已佚，《何校本》亦遂何氏心願，成為不少學術著作與論文的根據。

然而，自《汪精衛南社詩話》於2019年面世後，有關「南社詩話」的研究當以汪氏手稿為依歸。手稿為汪精衛長子汪文晉舊藏，汪威廉教授早在2013年本作出版前已撰文提及，他從吳興鏞教授手中獲得「南社詩話」的汪氏手稿影印本，而吳教授的影印本正是出自汪文晉，何孟恒亦從汪文晉處複印一份，數年以

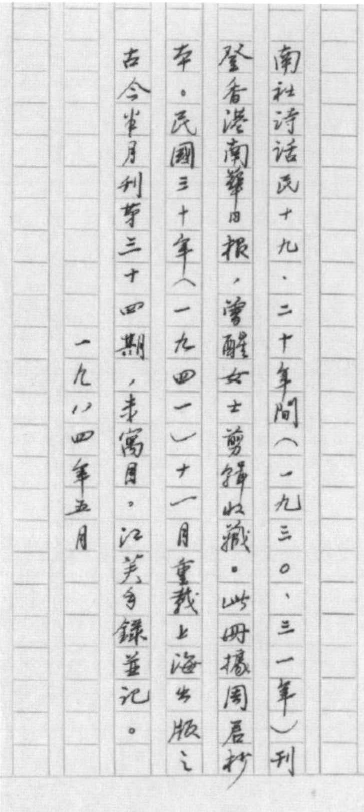
南社詩話 民十九、二十年間（一九三〇、三一年）刊
登香港南華日報，曾醒女士剪歸收藏。此冊據周君抄
本。民國三十年（一九四一）十一月重載上海出版之
古今半月刊第三十四期，未寫月。江芙手錄並記。
一九八四年五月

後，身為汪精衛外孫女、何孟恆女兒的汪精衛紀念託管會董事何重嘉女士，着手出版何氏收藏的汪精衛一手文獻，當中便包括這份手稿副本[5]，而原稿現藏於胡佛研究所圖書檔案館。

何孟恆自言未曾看過《南華日報》及《古今》半月刊，於其手記亦未見提及《中華日報》、《社會日報》及汪氏手稿。經逐字比對何抄本與汪氏手稿，可確認何氏完成並捐贈《何校本》前，未曾寓目汪氏手稿。而《何校本》是何氏於周君抄本上，據自身讀後推論修訂而成的版本，當中部份內容更與汪氏手稿有所出入[6]。若何氏當初已備汪氏手稿，自然無須據周氏抄本作《何抄本》，更遑論額外修訂《何校本》。畢竟按何氏向來習慣，他會於辨認汪氏手稿後另行謄錄，《汪精衛生平與理念》[7]所載的「自傳草稿」就是一例。

雖然如此，《何校本》在保存「南社詩話」方面功不可沒，其在內容上亦有可取之處。是次增訂本的內容不囿於三十七則汪氏手稿，還參考何氏校對、《中華日報》、《社會日報》及多種材料，重新仔細校訂手稿內容，並附註於每章末以供讀者閱覽。一方面保留汪氏原意，一方面為內容及引詩提供資料，以兼顧忠於「南社詩話」原貌與確保內容準確這兩大編輯方向。

編排上，原刊之《南華日報》已逸；《中華日報》重刊時又將原文打散；《社會日報》則內容不全。增訂本今據汪氏手稿次序為底本，合各報尋獲的零碎篇章，經理順前文後理後，共得五十三則謄錄內容（下文所提則數全據謄錄本），其編排依據如下：

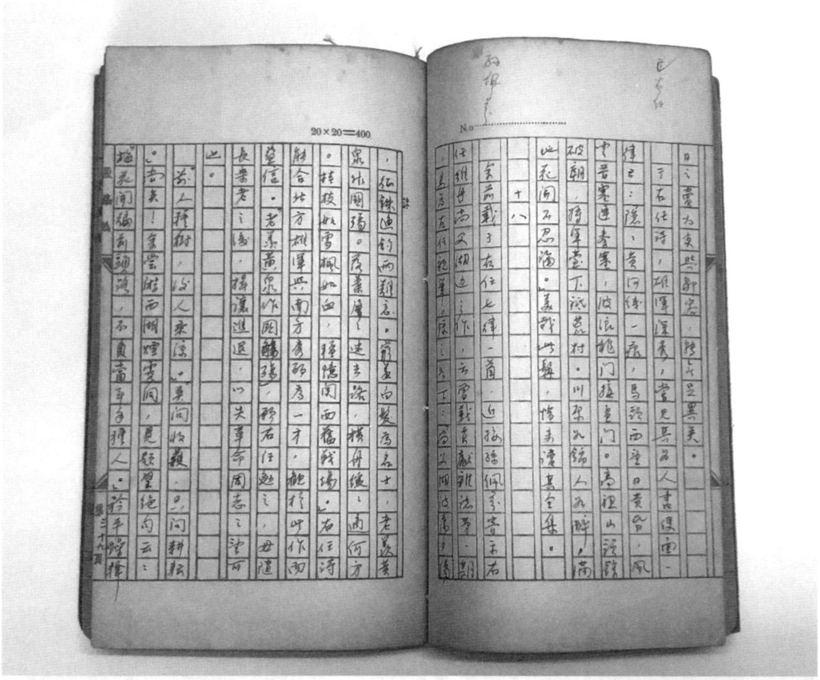

NO.

20×25＝500

于右任詩，雄渾深秀，嘗見其為人書便面一律云：「隱隱黃河綫一痕，馬頭西望日黃昏，風雲晋塞連秦塞，波浪龍門接孟門。高祖山頭餘破廟，將軍臺下祇荒村。川原如醉人如醉，滿地花開不忍論」。美哉此篇，惜未讀其全集。

十八

余前載于右任七律一首，近接孫佩芬寄示右任維舟尚父湖邊之作，云曾載貢獻雜誌第一期，且為右任親筆。錄之如下：「尚父湖波蕩夕陽，征誅漁釣兩難忘。窮羞白髮為名士，老羨黃泉作國殤。落葉層層迷去路，橫舟緩緩適何方？桂枝如雪楓如血，猛憶關西舊戰場」。右任詩能合北方雄渾與南方秀麗為一才，觀於此作而益信。「老羨黃泉作國殤」，願右任勉之，毋隨長樂老之後，揖讓進退，以失革命同志之望可也。

「前人種樹，後人乘涼」。「莫問收穫，只問耕耘」。尚矣！余嘗游西湖煙霞洞，見題壁絕句云：「梅花開遍前頭路，不負當年手種人」。矜平躁釋，尤令人快活。龔定庵云：「落紅不是無情物，化作春泥更護花」。精衛愛誦之。近日坊刻「汪精衛集」，於「民族的國民」篇末綴此兩句，余頗疑之，嘗於通訊時問及。得精衛覆書云：「篇末空白，隨意填寫古人詩詞或格言一兩句，此雜誌慣事也。然其

原稿紙

第三十二頁

上圖：《何抄本》、下圖：《何校本》

一、順應詩話時序痕跡。詩話於報章連載，其內容與該時代適適相關，如增訂本第二及第三則是回應胡適於1929年11月刊登之〈新文化運動與國民黨〉，故應編於前。第五十一至五十三則涉及1930年8月後汪精衛於太原起草約法時之見聞，故編於後。

二、理順詩話文理線索。如先有汪精衛於第八則呼籲有志之士尋覓趙聲、吳祿貞遺稿，方有第九、十則之陳湘、彭湘靈寄示趙、吳二氏之作。

三、歸納記事上的脈絡。如第二十二則至第二十五則，詩話所記皆與1922年6月16日孫中山廣州蒙難事件有關，故應合於一起。

內容上，增訂本以多種材料及版本作校對，當中有不少新發現。

各種材料的分歧進一步證明汪氏手稿確為「南社詩話」的底稿，如第四十二則錄湖南志士陳天華沈水，手稿初書「及樾事敗」，後刪而改為「及樾死事」，各版本皆脫「事」而作「及樾死」。考詩話各則，第六則有「周實丹死事」、第十六則有「余前紀沈藎死事」、第二十四則有「謂鄧仲元死事也」，可證「死事」為汪氏慣用詞而非筆誤，當為詩話最初版本；尚有手稿獨有句子，如第三十五則「舊詩壞處」一段，第七則中「革命黨人挺身入新軍中，以廣植革命基礎者」亦為手稿獨有。汪氏手稿中，刪減或更動會以直線或打圈方式劃去相關內容。此兩處共通點為於手稿上以（ ）標示，或汪氏手書時尚未決定是否刪除，惟刊登時未見收錄。從手稿之刪改、修訂，除可了解汪氏的撰文原意外，更可斷定手稿絕非抄本，而確確實實為「南社詩話」之原始版本，亦無用再爭議手稿的真偽與可信性。

在收錄所有能尋獲的「南社詩話」材料後，本增訂本當為現存最完備、最忠於原著的「南社詩話」合集，亦為最可靠的「南社詩話」版本。除此之外，增訂本亦重編「南社詩話」人物，除詩作內容提及者外，凡與詩作、詩論、逸事相關之人物，皆收錄整理並列明相關則目，以便讀者查閱。

汪精衛紀念託管會的出版宗旨都是提供研究「南社」、汪精衛及探討民國初期文化、政治與歷史的原始材料。詩話中部份史事更僅見於「南社詩話」，如第十一則錄汪精衛辛亥九月獲釋出獄的原因與相關人物、第四十三則錄湖南志士陳天華與孫中山會面時痛哭的情況及第四十四則錄民十三年以後無政府黨對國民政府的威脅等。

書中更有除汪本人外不能得知的逸事秘聞與詩作詩論，如第四十二則錄孫中山粵謳一首，文中提及在場者僅有汪精衛、朱執信與孫中山三人。此謳僅見於「南社詩話」，如非當時在場人士，又如何得知？朱孫二人已先後於1920及1925離世，而「南社詩話」出現於1930，作者身份已呼之欲出。讀者可與《汪精衛與現代中國》系列叢書[8]互相印證，或能還原更多珍貴真相；而「南社詩話」中輯錄、引用的詩作與現今流傳的版本不盡相同，讀者可通過比較詩話正文及校訂資料的版本，發掘詩人不為人知的一面。

現今對南社的研究成果豐碩，惜礙於「南社詩話」的特殊性質，過往的討論多集中在作者是否汪精衛的問題上，希望是次增訂重校能有助討論重新聚焦回文本之中。增訂本的工作是為研究提供專業、可靠的原始材料，衷心期盼是次出版能令對南社甚至革命烈士的研究更進一步，令世人更了解革命先賢的心路歷程與無私貢獻，亦令淹沒於歷史洪流中的先賢面貌與文學創作得以重見天日。

---

1 孫之梅，《南社研究》。北京：人民文學出版社，2003年；楊玉峰，《南社著譯敍錄》。香港：中華書局，2012年。

2 柳亞子，《關於〈紀念南社〉（給曹聚仁先生的公開信）》，載柳亞子編《南社詩集》第一冊。上海：中學生書局，1936年，頁29–32。

3 https://archive.org/search.php?query=中華日報&sin=&and[]=subject:"中華日報"

4 何孟恆，本名何文傑，筆名江芙，廣東中山人。娶汪精衛長女汪文惺，南京國民政府期間擔任陳璧君秘書。抗戰後於老虎橋監獄待了兩年半，後與妻女赴港，並任香港大學植物系實驗室主任。何氏長期整理、紀錄、謄抄汪氏遺物遺文，並加以分析研究，於2010年與妻創辦汪精衛紀念託管會。其著作有汪精衛紀念託管會編、時報文化出版的《何孟恆雲煙散憶》及《汪精衛生平與理念》，而其研究亦為本書及汪精衛與現代中國系列叢書的重要參考材料。

5 即2019年出版的《汪精衛南社詩話》印刷本，由汪精衛紀念託管編，時版文化出版，是《汪精衛與現代中國》系列叢書之一，其他還有《汪精衛生平與理念》、《汪精衛詩詞新編》、《汪精衛南社詩話》、《獅口虎橋獄中寫作》和《何孟恆雲煙散憶》，首度公開諸多親筆手稿。

6 朱安培〈剖析何孟恆《南社詩話》抄本〉，載《四季書評》2020年2月15日。

7 《汪精衛生平與理念》於2019年出版，按時序記述汪精衛一生，其中摘錄汪氏政治寫作、演說，並將以往未刊的55封書信穿插其中，由女婿何孟恆根據汪精衛未完成的124頁「自傳草稿」所編撰。書中更包括汪精衛親信的生平簡介與回憶。

8 《汪精衛與現代中國》系列叢書乃汪氏最權威之寫照，建基於何孟恆搜集、研究之工作，以汪氏親筆手稿及其他一手資料描繪出近代中國史上最受爭議的歷史人物。系列叢書於2019年率先出版，2023年以後陸續由八荒圖書、華漢推出增訂資料的單行本，如《汪精衛政治論述》匯校本、《汪精衛詩詞彙編》等，並為系列添加新著《我書如我師—汪文惺日記》。

體例

1. 本書先錄「南社詩話」完整謄錄文，後附汪精衛全數手稿，以供對比。

2. 詩話謄錄文則數由本書編輯所整理，與手稿、《中華日報》、《社會日報》、《古今》半月刊之序數不盡相同，則數下皆列明謄錄文之出處。

3. 各則編排次序後，按內容所記之事或人物約略分類，僅供讀者參考。

4. 詩作出處、版本及全書之增補、校訂以註腳形式置於每則最後。手稿中引用他人詩文時，偶有脫字、脫句或有題無詩，今謄錄文直接補上，以便閱讀。

5. 手稿中字體未能明確判斷者，經版本比較及文意疏理後於文中校訂，並於註腳詳細說明。手稿所缺之內容，補遺於〔 〕括號內，並註明出處。

6. 為順適語氣及便於閱讀，「南社詩話」之標點已作適度增補，而非盡據手稿。

7. 手稿內夾雜林時塽遺詩抄本數頁，確定為《中華日報》、《何抄本》等之原材料，故一併於書中展出。

8. 汪氏手稿獨有內容及訂正告示，皆於文字下添加底線標註，以茲識別。

9. 附錄收錄汪精衛作品手稿、書法手跡，另有南社其他人物作品手跡。

10. 「南社詩話」中，凡與詩作、詩論、逸事相關之人物，皆錄於篇末附錄及註明則目，以便讀者查閱。

11. 本書編校旨在還原文獻真貌，惟昔日報章、書藉等資料駁雜，良莠不齊，如有疏漏，敬請匡正。

南社詩話

曼昭啟事

手稿見本書頁103

南社諸同志共鑒：

愚不自揣，有「南社詩話」之作，非敢獨任，聊云發起。如荷惠寄資料，或於所纂輯，加以糾正，豈惟一人之幸而已。通訊地址暫定為香港《南華日報》轉，伏祈鑒督為幸。

曼昭謹啟

一至六則：述南社何以振作民族

第一則

手稿見本書頁104

南社為革命結社之一，剏於清末，以迄於今，已有三十年之歷史。其所揭櫫，為文章氣節。其實所謂文章，革命黨人之文章。所謂氣節，革命黨人之氣節。特在清末，於內地不能不隱約言之耳。故革命黨人之好文學者，無不列籍其中。其所為文辭，先後見於《南社叢刊》，搜羅美備，人無間然。惟詩話之作，則尚闃然無聞。竊不自揣，欲從事於此。每有所得，輒著於篇，不分先後。蓋排比整理，不妨俟之異日也。

曼殊上人所為詩文辭，精妙絕倫。圓寂後，斷簡零編，皆足珍貴。最近柳亞子所編《曼殊全集》都五大冊，付上海北新書局印行，於民國十七年二月一日初版。搜羅完富，考訂精訂。嗟夫！亞子，可謂不負故人矣。余於茲，僅錄曼殊生平一二軼事，以供憑弔。

曼殊性嗜糖果，亞子所為傳已道及。曼殊工繪事，而懶不多作。朋輩固請，恆不能得。偶或三五茗談，糖餌滿前，則酣飫之餘，往往欣然命筆，頃刻數紙。朋輩爭先攜去，不校也。有某者，知其然，瞰曼殊至，故設佳餌以待。曼殊引手取啖，則故格之，請先下筆，然後進食。在座者皆竊為不平，而曼殊夷然不以為忤。便為作一橫幅，秋柳數行，映帶江水，殘月一輪，搖搖欲墜，神味淡遠，誠柳屯田所謂「楊柳岸，曉風殘月」者。某狂喜，滿掬糖餌以進。曼殊飽啖後，忽引筆於月輪中，略作數描，則頓成為制錢形，廓圓而孔方，孔中且貫以小繩一串。在座者譁然，某驚且沮，曼殊閣筆一笑而去。嗚呼！絕世風流，誠所謂勝打勝罵十倍者。朱執信聞而狂笑曰：「此可抵一部馬克思《資本論》矣。」

第二則

手稿見本書頁106

近見胡適之《人權論集》，有〈新文化運動與國民黨〉一篇，攻擊葉楚傖「中國本來是一個由美德築成的黃金世界」之説。楚傖此言，不惟浮誇，直是糊塗。適之得間攻擊，直使體無完膚，吾人殊不必為楚傖辨護。惟適之因此指摘國民黨為提倡復古，對於「國學保存會」、《國粹學報》、「神州國光社」、「南社」等皆致不滿，無數南社同志，見而不平，余則以為無怪其然。蓋適之乃民國以後之人物，並未參加民國以前之革命運動，對於民國以前之革命運動，其艱難險阻之經過，絕無所知，宜其漠然不關痛癢。須知中國自甲午敗於日本，人心士氣已日即於頹喪。庚子以後，益靡然不知所屆。若不發揚國光，以振起民族之自覺，恢復其自信力，則必日即於沈淪。故整理國故，當與新文化運動，同時並行。蓋固當取人之所長，以益己之所短。而尤當使一己成為獨立的、健全的之有機體，始能對於人而行吸收作用也。各國民族革命運動時代，莫不由此道，固非適之所解。且即以整理國故論，《國粹學報》、「南社」之所成就，較之考證《紅樓夢》、對《水滸傳》加以新式標點，不啻倍蓰過之。蓋一掃從來屈於強暴之風氣，而表現剛健獨立之精神，實當時一般文學家之致力所在也。

劉師復於戊申歲潛入廣州[1]，謀炸李準，以試驗炸藥不慎，致廢一手，且被縶於香山縣獄。至辛亥革命，始獲出獄。旋提倡無政府主義以至於死。師復為人勁氣內斂，不甚為詩詞。余嘗與同舍，聞其高吟「憑空望遠，見家鄉，只在白雲深處。鎮日思歸歸未得，辜負慇勤杜宇。故國傷心，新亭淚眼，更瀟瀟雨。長江萬里，難將此恨流去。　　遙想江山依然，鳥啼花謝，今日誰為主。燕子歸來，雕梁何處，底事呢喃語。最苦金沙十萬戶，盡作血流漂杵。橫空劍氣，要當一洗殘虜。」[2]激昂慷慨，問其自作歟？不答。何人所作？亦不答。此一個悶葫蘆，至今尚未打破也。

此等文學，確為當時一般革命黨人之修養品。若以適之觀之，則自然不如徐志摩作品之能說俏皮話矣。

1 劉師復1907年6月刺殺李準，該年為「丁未」而非「戊申」。

2 趙與容《辛巳泣蘄錄》（《四庫全書》指海本第十一集）作「憑高望遠，見家鄉，只在白雲深處。鎮日思歸歸未得，孤負殷懃杜宇。故國傷心，新亭淚眼，更瀟瀟雨。長江萬里，難將此恨流去。　　遙想江口依然，鳥啼花謝，今日誰為主。燕子歸來，雕梁何在，底處呢喃語。最苦金沙十萬戶，盡作血流漂杵。橫空劍氣，要當一洗殘虜。」

第三則

手稿見本書頁108

余前述劉師復好吟「憑高望遠」詞，未知為何人所作。近承黃延闓來書，說明此詞見《國粹學報》第二十二期撰錄門中，並承抄以見示。感荷無既，錄之於左：

「辛巳泣蘄錄題詞

〈念奴嬌〉　蘄州鄉貢進士州學錄王灡避地溢江書於新亭

原詞見前

按，宋自金人南下，長驅直進。至一州則一州破，至一縣則一縣殘。馬足所蹴，中原為墟。而李誠之能以孤城當強虜，捍禦二十五日，與城同亡。其孤忠偉烈，豈非大漢之光哉！《辛巳泣蘄錄》一書久佚，今從述古堂寫本重刊，以表揚國光。讀曹侍郎跋（另有曹侍郎《辛巳泣蘄錄 · 跋》一篇，亦同載，未抄）與王學錄題詞，蓋不知涕之何從矣。記者識（枚）」

余按，（枚）當是鄧秋枚，《國粹學報》撰述人之一也。自清康雍乾三朝，以全力消滅吾民族思想。於是以君臣之義，滅夷夏之防。「舜東夷之人，文王西夷之人」，遂為一般學子所樂道。而凡束髮受書者，皆惟秀才舉人進士是求，恬然無復廉恥之色。《國粹學報》諸人起而矯之，首在從故紙堆中，檢出吾民族思想，使讀書識字者，於此恢復其民族的自覺與自信力。此不僅為倒滿計，直為中國民族爭存計。《奴才歌》云「大清入關三百年，我的奴才做慣了……何況大［　］大德大法大日本，換個國號任便叫。」[1]《汪精衛集》中有云「庚子聯軍入京，居民競以黃紙書大德國順民等字，榜於門。此等意識，何自來乎？試檢揚州十日、嘉定屠城諸記，以黃紙榜大清順民於門者，免死。則知此非一朝一夕之故，其由來遠矣。欲不為大德國順民，請自不為大清順民始。」[2]此等宣傳鼓吹，不但適用於倒滿以前，中國民族一日不能自由平等，則此等宣傳鼓吹一日不可以已。嗚呼！此恐非以提倡新文化自命者、胡適之諸人所能了解也。誠然，吾國民族思想當受近世民主民生思想所陶冶。不然，則其意識不能越章太炎、孫少侯一步。然此乃取長補短所宜爾，並非謂民族思想遂可唾棄不顧，而視為過時之物也。

黃延闓又為余訂正，高劍公乃江蘇金山人，非崑山人。特此更正，並誌謝。

清末俠烈之士，接武廣州。如溫生財之刺孚琦、陳敬嶽之刺李準、李沛基之刺鳳山，皆所謂以匹夫而掑白刃於千乘者。民國以後，則鍾明光之刺龍濟光，亦足令百世之下聞風興起。頃承黃延闓寄示鍾明光舉事前〈自輓詩〉二首，其一云「豈城劍渺海珠空，忍看生靈飽毒龍。我便安禪制將去，不辭踪跡血腥紅。」其二云「黃花共醉不須疑，腸斷秋聲事可知。寄語隔籬同調者，碎琴遲莫怨鍾期。」志事皎然，與日月爭光。余書至此，既油然對鍾明光烈士生其敬慕，而對於黃君之殷勤綴輯，亦不能不致感念。黃君為近代詩人黃公度先生之孫，願好自為之，必有以繩其祖武也。

1《奴才歌》有不同版本，一為「大英、大法、大美國」、一為「大俄、大德、大日本」。汪氏手書時屢改，先刪「英」後刪「俄」，最終此位置從缺。鄒容《革命軍》（民智書局：1928）所載為「大金、大元、大清朝，主人國號以屢改。何況大英、大法、大美國，換個國號任便戴。」

2　內容整合自汪精衛〈申論革命決不致召瓜分之禍〉、〈革命可以杜絕瓜分之實據〉，見《汪精衛集》（光明書局：1929）頁123–196。

第四則

手稿見本書頁111

《朱執信集》，所收執信詩，僅二十二首，然嘗鼎一臠，可以知味。大抵江西宗派之詩，最惡浮滑淺易。執信以瓣香、山谷為未足，益以昌黎之雄悍、東野之洗鍊，由此而詣於漢魏之深淳。觀於〈讀漢書〉及〈登阿蘇火山絕頂〉諸作，當知吾言之非過譽。至其近體如〈和精衛舅氏〉及〈寄陳生〉諸作，則所謂綿邈寸心者。凡堅於志者必深於情，於此益信。

執信詩好用古典，於此毀譽參半。蓋奧衍與晦澀，往往相緣也。楊季彝謂執信晚年忽改作白話詩，當由於此，亦未為無見。

民元，章行嚴在上海《民立日報》，載執信古詩兩首，一為〈代古決絕詞〉，一為〈代答〉。蓋己酉之冬，汪精衛將入北京時，執信手書於箋，以為訣別者。精衛懷之入京，既被執，此箋亦遭抄沒。民元，大總統孫公既解職，由南京乘聯鯨艦溯江流以至武漢，精衛諸人均從。行嚴以報館記者資格橐筆其間，精衛口授此詩而行嚴筆錄之，以寄登《民立日報》，距今十九年矣。偶檢《朱執信集》，未載此詩。幸余敝簏中，尚存得當日報紙一頁，亟錄之如左：

〈代古決絕詞〉

決絕復決絕，蕭艾萋萋生，不如蕙蘭折。白露泠泠羣卉盡，祇賸柔條倚風泣。中夜出門去，三步兩徘徊。言念同心人，中情自崩摧。我心固匪石，萬言千言空爾為。月光皎皎缺復圓，星光睒睒繁復稀。月光星光兩澹蕩，欲明未明雞唱時。芙蓉江上好，幽蘭窗下潔。所寶在素心，不向秋風弄顏色。水流還朝宗，葉落還肥根。來年春三月，佇看萬木繁。人生在世亦如此，此身何惜秋前萎。

〈代答〉

蒲柳望秋零，凍雀守紇干。所貴特達人，貞心盟歲寒。齊鳥三年不飛飛沖天，所爭詎在須臾間。我有變徵歌，欲奏先汍瀾。歌中何所言，意氣傾邱山。丈夫各有千秋意，毋為區區兒女顏。相期譬金石，誓滌塵垢清人寰。何意中道去，一往不復還。此情誰為言，心摧力已殫。不惜此身苦，恐令心期負。含辛進此歌，願君一回顧。

《史記》稱荊軻入秦，知其事者皆白衣冠送之。酒數行，為之歌曰「風蕭蕭兮易水寒，壯士一去兮不復還。」皆泣數行下。執信此詩，嗚咽淒涼，誠不減易水之歌矣。易水之歌，衹感慨於壯士一去之不復還，而執信此詩，則輾轉低徊，念來日之大難、惜人才之難得。其深情苦語，尤一往無際，愈折愈深，宜精衛之諷誦久而不能忘一字也。昔日本大將兒玉源太郎卒，元帥山縣有朋以和歌哭之曰「七十之老翁，上九折之坂，半路而失其杖矣」，其音調絕哀，此皆公私兩盡其情，誠哉「毋為區區兒女顏」也。

案，以余所知，當時惜精衛之赴死者，實不止執信一人。試檢《汪精衛集》胡漢民於精衛北京被執之後，發表其己酉三月十九日〈與漢民書〉、同年十一月十五日〈絕筆書〉，及〈與南洋同志書〉共三通[1]，而跋其後云「按吾友此事蓄念已久，然吾與孫中山君，及一二同志，屢泥其行。其意皆欲吾友為木鐸，不遽為血鐘也。吾友所言，昭昭然揭日月而行。譬之炊飯，以己為薪，曾不念其己當為釜者，故終不能回吾友之意」云云。其所謂一二同志者，執信必居其一，驗之此詩，可以無疑。然至今日，在南京提議通緝汪精衛、必欲死之以為快者，乃適為胡漢民，此則不能不令人啞然者矣。

精衛獄中〈秋夜〉詩云「落葉空庭夜籟微，故人夢裏兩依依。風蕭易水今猶昨，魂度楓林是也非。入地相逢雖不愧，擘山無路欲何歸。記從共灑新亭淚，忍使啼痕又滿衣。」[2]所謂「風蕭易水今猶昨」者，得毋即指執信此詩耶？然以情理度之，當時依依夢裏者，或不止執信一人也。執信於九年九月二十日在虎門殉難，粵軍既收復廣州，葬執信於沙河，與黃花崗甚近。十年三月二十九日，精衛在黃花崗七十二烈士墓上作詩云「飛鳥茫茫歲月徂，沸空鐃吹雜悲吁。九原面目真如見，百刼山河總不殊。樹木十年萌糵少，斷蓬萬〔里往來疏。讀碑墮淚人間事，新鬼為鄰影未孤。」[3]自注「墓邇執信塚，故末句云然。」時于右任督師三原，於報紙一見此詩，萬里郵致一素牋，索精衛書之，懸於齋壁。〕

1 此三篇文章全文一概收錄在《汪精衛政治論述》匯校本上冊（台北：華漢出版，2024）中。

2 載於《汪精衛詩詞彙編》上冊（台北：華漢出版，2024）頁13。

3 載於《汪精衛詩詞彙編》上冊（台北：華漢出版，2024）頁46。

第五則

手稿見本書頁115

《風洞山傳奇》為瞿忠宣式耜而作[1]，亦民族主義之宣傳品也。南社詩人，多為題詞。虞山黃人摩西最工，同時流輩，莫能及者。調寄〈洞仙歌〉云「神州沈矣，問天公何苦，做盡傷心賺今古。剩青山一片，收拾英魂，算配得江左梅花閣部。　　瘴江風浪惡，慘綠愁紅，欲采芙蓉已秋暮。破碎舊山河，青骨紅顏，總付與無憑氣數。正此際重看刼灰然，有壯士糭鋤，美人桴鼓。」沈着痛快，迴腸蕩氣，令人激昂，不能自已。

胡樸安為《南社叢選》，每一作者，皆繫以小傳，意至善也。其傳甯調元太一云「民國二年，遭武昌之難而死。文人多厄，痛哉！」嗚呼！樸安失辭矣。太一，革命黨人也。革命黨人，為革命而死，分也。何「厄」之有。樸安此言，知太一之為文人，而不知其為革命黨人。文特其生平志事之一枝一節，遽以「文人多厄」為太一痛，此可謂不知太一矣。太一之死，非遭武昌之難而死也。民國以前，太一已盡瘁於革命。民國二年，袁世凱反形已具，太一奉黃克強命，謀於湘鄂，起兵討之。至武昌，為賊所獲，義不屈，遂死於賊手。謂之赴死可矣，謂之遭難，何其舛耶？他傳亦多類此，誠不能無憾。

太一以癸丑六月入獄，至九月絕命。獄中所為詩，凡二十五首，感喟蒼涼。太一詩文，才氣本奔放，至是益激宕矣。「今日憑窗一凝睇，水光山色劇淒涼。」張蒼水臨命時，歎曰：「好山色。」嗚呼！革命黨人之胸襟，革命黨詩人之胸襟。

汪精衛〈獄簷偶見新綠口占〉一絕云「初日枝頭露尚涵，春光如酒亦醰醰。青山綠水知何似？愁絕風前鄭所南。」[2]昔鄭所南有云「滿眼青山綠水，所南何以為情哉？」故精衛由獄簷之新綠而想及之也。嗟夫山水，能令人憂、能令人樂、能令人於此寄國家民族之戀慕、能令人於此陶淑其不濡滯於物之心情，乃至於臨命之時，亦不忘情於一瞬。山水不負人，人亦不負山水矣。

1《中華日報》作「為南社詞人吳梅所作」。瞿元錫為瞿式耜之子，撰《庚寅十一月初五日始安事略》記父抗清殉國事，吳梅即據此改編成《風洞山傳奇》。故手稿所言為本事，《中華日報》所言為作者。

2 載於《汪精衛詩詞彙編》上冊（台北：華漢出版，2024）頁16。

第六則

手稿見本書頁117

古來詩人詠雁者多矣，陳巢南云「經年漂泊未能歸，望望鄉關志事違。剩有孤鴻心一片，護羣中夜屢驚飛。」真為詠雁絕唱。孔席不暖，墨突不黔，此物此志也。

與南社關係最深者，為柳亞子。觀其詩文敍述南社革命諸子事跡，如趙伯先、周實丹、阮夢桃、甯太一、陳勒生等傳，不獨南社之鴻文，亦中華民國之重要史料也。其〈哭顧錫九〉詩，有小序云「君諱振黃，江蘇阜甯人。辛亥山陽周、阮之獄，縣令姚榮澤跳走南通。南通有大猾張謇昆季，實卵翼之。君率江淮子弟來上海，頌冤於陳英士，獄始平反焉。滇黔事起，君謀舉義江北。張謇復謬為通款，書來招君。馳往，伏龍輩十八人與俱，至則駢戮之，傷已。」寥寥數行，而張季直輩之狗彘食人，情狀如繪。嵩山四友[1]之得名誠非偶然。今日者，蔣山四皓為軍閥倀，日以青年血肉，膏其牙吻，季直兄弟必掀髯笑曰，是能繩其祖武者。

亞子於南社諸人，為革命死者，以文紀之、以詩哭之。紀得其實，哭盡其哀。其〈哭英士〉云「十年薪膽闢青史，一夕風雷怒白門。」〈哭楊伯謙同學〉云「一別蹉跎成永訣，半生涕淚感斯文。」〈哭勇忱〉云「十年剩皮骨，一夕死風波。」嗚呼！「栖栖桑海無多淚，落落乾坤剩幾頭。」何其沈痛若此也。從事革命以來，忽忽倏已二十餘年。中夜不寐，念生平良友，死亡殆盡，存者已無幾矣，又大半變節。亞子為死者哭，猶不若余為變節者哭之痛也。

前紀之高劍公，亦變節之一人。民二當選國會議員，民十二為曹錕買作豬仔矣。亞子痛哭貽書與之絕交，高覆書尚謂士各有志也。偶於《南社叢選》，見其〈壬子舊除夕感賦〉云「老大傷懷卻為誰，不關謠諑到蛾眉。萬千壯志歸淘浪，三十封侯[2]已過期。」云云。時適飯畢，讀之胸次作惡不止，逾一小時，始得平復，真可惡也。想見其於民元之際，眼熱旁人，腐心身世。搖頭擺尾，豬形已具，何待民十二始泰然登俎耶？胡樸安偏選此等詩，亦可謂嗜痂者。

周實丹死事，亞子所為傳已詳之。余讀其遺詩有云「日暮歸來淚滿襟，鍾期去後判椎琴。春花寥落無生氣，夏木淒涼有死心。遺恨千年秦庭柱[3]，招魂三月楚江潯。長纓枉説擒南越，年少終軍不可尋。」第五句指汪精衛刺攝政王事不成也，第六句指楊篤生蹈海而死也。實丹與汪、楊二人未謀面，然氣類所感，不以是而扞隔也。七八兩句則以當時黨人志在得廣州以為革命根據，故云然。又「直將芻狗視人羣，無限蒼涼日暮雲。壯志未酬填海鳥，癡心枉作負山蟲。荒煙孤島田橫客，夜月悲笳翟義軍。猿鶴沙蟲同一燼，纍纍七十二荒墳。」弔黃花岡七十二烈士，淋漓感慨。數月以後，實丹亦為被弔之一人。亞子諸人，哀吟不已，而南詩詩箋[4]遂為血淚填滿矣。

前錄黃摩西詞，有「壯士耰鋤，美人桴鼓」，自註「前年廣西建義[5]，女將黃九姑等，甚勇摯」云云。李蘿村見之笑曰：「君欲知美人黃九姑之狀耶？余固嘗見之。戴竹織笠，著薯莨布衫袴，躡草鞋，面皮焦黃，嘴唇黯紫。眼閃閃有光稜，腰膂堅挺，手胼而足胝。惟荷鎗於肩、囊彈於腰，則殊不止手執桴鼓而已。」蘿村此言，其煞風景，固令人絕倒，然亦無害也。豈個個英雄皆是豹頭環眼燕頷虎鬚者耶？何獨於美人為然。

自辛亥革命軍起以來，女志士從軍者，皆著陸軍制服如男子。以余觀之，不及黃九姑本色多矣。稱之美人，當之無愧。

1　袁世凱封徐世昌、趙爾巽、李經羲、張謇四人為「嵩山四友」，世言或用「商山四皓」典。「商山四皓」，即避秦隱居商山之東園公、夏黃公、綺里季及甪里四隱士。

2 汪氏書「侯」時多用異體「矦」，惟「封侯」手稿作「封候」。

3「遺恨千年秦庭柱」，周實《無盡庵遺集》（陝西人民出版社：2008）作「遺恨千年秦殿柱」。

4 疑為「南社詩箋」。

5 疑為「前年廣西起義」。

七至十一則：記革命將才趙聲、吳祿貞

第七則

手稿見本書頁123

清末革命的武力，一為民軍崛起，二為軍隊反正。民軍崛起，其作用如陳涉、吳廣之發難，非可恃以成功，故軍隊反正尤為必要。清末練新軍，俄國公使問慶親王，曰：「《辛丑條約》已簽定，和平已恢復，練新軍何為？」答曰：「所以防家賊耳。」然革命黨人，潛入新軍中，為革命之組織與宣傳，卒斬清祚。是則所謂防家賊者，毋亦藉寇兵齎盜糧而已。新軍中之革命黨人（革命黨人挺身入新軍中，以廣植革命基礎者），當以丹徒趙聲伯先為巨擘。伯先在江南練新軍，為標統。其時徐紹楨以侯補道[1]為統制，實不知兵，每事拱手受成於伯先，伯先因得行其志。及端方總督兩江，察知伯先為革命黨人，忌而奪其兵柄。伯先乃去之廣州，其齮齕之如故，於是伯先事不得成。然其徒如熊成基，則舉義於安慶。如倪映典，則舉義於廣州。前仆後繼，趾踵相接。迄於辛亥十月，江南反正，如柏文蔚、如洪承點，皆伯先舊部也。然伯先已於三月二十九日之役，嘔血死矣。伯先為人，忠篤義烈，鬚眉濃蔚，目有紫稜，一望而知為凜凜烈丈夫也。南社詩人高燮吹萬，有〈哭趙伯先〉詩，注云「伯先著有《天香閣詩》」，未得見，惜哉！惜哉！柳亞子所為《丹徒趙君傳》，亦謂「伯先歿後，黃克強諸人，葬之於香港，顏其碑曰『天香閣主人之墓』，是則伯先必有《天香閣詩稿》無疑。」亞子又謂「伯先時作小詩，尤饒奇氣。」然則伯先之詩，亞子必已見之。若能如編曼殊遺稿，搜輯排比，以貢同社，則余他日與亞子把晤時，必以美酒一斗為壽。

亞子所為《趙君傳》有云「吳樾之將刺端方也，君與其謀，多所擘劃。謀定，吳促君南行。君貽詩告別，吳答以書曰：『每誦君詩，不覺心酸淚落。豈某之傷懷後事，而出以兒女之情乎？抑詩意之感人深也。』」伯先此詩惜未傳世，愈不能不有望於亞子矣。

亞子所為《趙君傳》，述伯先在廉州時事，頗有闕。蓋廉州發難，雖由劉思裕。而繼續主持其事，使聚眾抗稅之舉，進而為革命行動者，實孫公也。當時黃克強亦奉孫公命偕黎仲實諸人潛入廉州，偵知率兵來者為伯先及郭人漳，益喜。蓋以為伯先固同志，而郭人漳平時亦自附於志士，且與克強稔，可與謀也。乃郭人漳陰持兩端，所謀不得成。克強等鞅鞅去，劉思裕遂為郭人漳所屈矣。亞子敍伯先「在廉州南門外海角亭，與諸將校痛飲，即席賦詩，有『八百健兒多踴躍，自慚不是岳家軍』之句。蓋伯先以所志弗就，徒為虜馳驅，不能無所怏怏也。」云云，深得當時伯先鬱鬱心事。當時伯先與郭人漳均為標統，然郭以侯補道，且善夤緣，得兩廣總督歡，命欽廉諸軍，悉歸其節制。伯先兵力與郭較，不過一與七之比，故不能有特殊動作也。伯先既鬱鬱，遂因醉使酒罵郭。郭不平，然以伯先勇略出己上，未敢動。既旋省，遂譖之於總督張人駿，即微端方之齮齕，伯先已不能安於廣州矣。

伯先在廉州，尚有一軼事。廉州近廣西，俗喜食人肉。伯先一日出營門散步，見廉州防營兵卒數人，燔一婦人腿，圍而大嚼。伯先怒極，遽拔從者手槍，盡殪之。事後，伯先語人，生平未嘗手刃人，此時氣湧于中，不能自制云云。然郭以伯先擅殺他部兵卒，益不悅。而伯先自是亦與地方守兵相齟齬矣。

食人之俗，中國人至今未能免。誠哉四千餘年之文明古國，與孔子以來之禮教，所陶鎔者至大也，可以傲視世界各國矣。廉州守將宋某，偵知其妾與一長隨通，裸而並殺之，懸於簷際，使皮肉受風而乾，徐徐切食，一月而盡。宋以為如此方為英雄，足以滌綠帽子之污也，人亦以英雄稱之。嗚呼，英雄英雄，生番視之，遜色多矣。吳稚暉聞楊虎殺人，大喜欲狂，得毋亦流涎三尺耶？

1「候補道」為清朝官制名，惟此處手稿作「矦」。

第八則

手稿見本書頁126

繼趙伯先而歎革命將才之摧折者，莫如吳綬卿。綬卿名祿貞，湖北黃陂人。畢業日本士官學校，歸國累擢至第六鎮統制。辛亥八月十九日，武漢革命軍起，清廷命陸軍大臣蔭昌率師往平之。蔭昌檄諸鎮會師漢口，以為事旦夕可定。然張紹曾率第二十鎮次灤州，要求清廷即日宣布立憲。而綬卿以第六鎮次石家莊，則直通檄痛斥以兵力鎮壓革命之不可，且嚴詰蔭昌縱兵為虐，盡截其後方軍實輸運。當時清廷惶怖，不知所出，備騾車四十餘乘於西直門，謀遁歸奉天。既宣布所謂十九信條，頒自由剪髮令，釋汪精衛、黃復生於獄，以緩和革命空氣。復起用袁世凱，代蔭昌督師，且繼慶親王奕劻為內閣總理大臣。其時綬卿謀已定，將直搗北京。夜與參謀兩三人宿石家莊車站，漏三下，且飲且計軍事。忽刺客數人直入，拔刃趨綬卿，綬卿出不意，舉椅與格，被刃死，同坐者亦皆死。第六鎮失帥，謀遂撓，而張紹曾亦趦趄奪氣。清廷乃解其兵柄，以潘矩楹代之。北方革命進行，遂受一挫折矣。惜哉！惜哉！綬卿之死，初疑良弼所為，後始知實袁世凱為之。袁初起，謀先定北方，以固根據。知綬卿英傑，不為己下，故刺殺之，以去肘腋患。然綬卿雖死，其所部猶能定晉陝兩省，且武漢革命軍新起，經張吳兩鎮之牽掣，清廷不能以全力鋭師南下，革命軍遂得從容佈置，而東南諸省，亦得以相繼並起響應，則其有造於革命者亦至大矣。然綬卿才氣縱橫，使其不死，老姦必不得逞，此革命同志所為聞其被難而扼腕不已者也。綬卿之詩，高吹萬有句哭之曰「平生懷抱餘詩卷」。有志之士，若能覓得遺稿，與伯先合刻，豈惟南社之光，亦藝林之珍也。

第九則

錄自《中華日報》副刊第194期（1933年1月8日）及《社會日報》（1933年1月17日）

頃得陳湘君來書，惠我以趙伯先詩二絕，為之狂喜，亟錄如下。「雙擎白眼看天下，偶遇知音一放歌。杯酒發揮豪氣露，笑聲如帶哭聲多[1]。」「決戰由來堪習膽，殺人未必便開懷。寶刀持向燈前看，無限淒涼感慨來。」云自近人所著《民國野史》抄出。沈雄激宕，的是伯先手筆。

虞山龐樹柏檗子有〈哭吳烈士綬卿即題其遺詩後〉[2]云「傷心一卷西征草，難得簪[3]花替寫工。」則綬卿遺詩，必有抄本無疑，恨余未得見耳。而陳君來書並謂「吳綬卿詩，篋中尚有百數十首，暇當檢奉。」云云，殊令人喜不自禁。如此嘉惠，雖琳琅祕笈，何以過之。朵雲尺半，延企無已。

1《清史演義》（民眾書局：1912）作「笑聲如帶哭聲多」；《中華日報》及《社會日報》作「笑聲每帶哭聲多」。

2《中華日報》作〈哭吳綬卿題其遺詩〉，今據《春聲》（第1集）訂為〈哭吳烈士綬卿即題其遺詩後〉。

3《中華日報》作「難得花替寫工」，今據《春聲》（第1集）補為「難得『簪』花替寫工」。

第十則

手稿見本書頁128

頃得彭湘靈來書[1]，寄示吳綬卿遺詩三首。讀之，故人風采如在眼前矣。〈琿城閱兵〉云〔冰天夜靜鏡新磨，陣陣寒風渡纖梭。秋塞淒涼閨閣淚，胡笳悲壯海天歌。迷離雪徑行人少，重疊關山旅雁多。臘鼓驚心催歲暮，音書目斷白狼河。〕[2]〈潼關望黃河〉云〔走馬潼關四扇開，黃河萬里逼城來。西連太華成天險，東望中原有刼灰。夜燭淒涼數知己，秋風激烈感雄才。傷心獨話興亡事，怕聽南飛塞雁哀。〕[3]〈己酉守歲〉云〔十年泛宅復浮家，萬里邊風拂鬢華。未必出山終小草，何辭傾國對名花。浮蹤笑比風前絮，詩句誰籠壁上紗。結習年來忘未得，吟鬚撚斷手頻叉。〕[4]

從來武人作詩，往往有劍拔弩張之態，綬卿獨能出以沈著深穩，斯真難能矣。湘靈書中，並言綬卿「五夜雞聲，一時屠狗」句最為人傳誦，惜已忘其全什。

近日連得陳湘、黃延闓、彭湘靈諸君寄示趙伯先、吳綬卿、鍾明光諸先烈遺詩，既發潛德之幽光，亦抒懷舊之蓄念。綿邈寸心，非尋常謝辭所能宣達也。

---

1 彭湘靈致曼昭信原為汪家後人舊藏，原稿現存於胡佛研究所圖書檔案館，謄錄全文見附錄二。

2 全名〈歲暮雜感．疊琿城閱兵留別郭洞伯觀察韻〉，今據《中華日報》補。

3 今據《東方雜誌》（第8卷第10號）補。

4〈步梧生先生己酉守歲原韻十首〉之一，今據《中國革命記》第十八冊（上海自由社：1912）補。

第十一則

手稿見本書頁129

庚戌三月汪精衛被執於北京，虜不之殺，説者謂此滿洲欲以緩和革命黨人之情緒也。辛亥九月，釋之於獄，説者謂此由武昌革命軍之提出媾和條件，且其時廣州將光復，總督張鳴岐欲博革命黨人之歡，故奏請釋放也。是皆然矣，而不知此事實與綬卿有關，不可以不紀也。己酉秋日，黃克強、汪精衛在東京，嘗遣使者譙讓綬卿曰：「爾今日只知做官，忘革命矣。」綬卿怒曰：「汝輩惟知於邊隅舉事，何能為？若於京師有所動作，授吾以可乘之隙，而吾不應，詈未晚也。」使者還報。精衛本有入京之志，至此益決。瀕行，語克強曰：「且勿語綬卿，俟我事發，促其舉兵可也。」及庚戌三月，精衛事敗被執，綬卿聞之大驚，乃密言於慶親王奕劻，曰：「革命黨人最著名如汪精衛者，入京師數月，而軍警懵然不之知，則京師革命黨人之多可知矣。聞其人在黨中最有感情，殺之，黨人必且仇復，殿下無安枕日矣，不如囚之。彼書生，不勝囹圄之苦，不久必死，可無患也。」奕劻為所動，言於攝政王，定為永遠監禁。辛亥九月十四日，綬卿動兵將攻京師，電致奕劻曰：「汪精衛在獄中，有加害者，汝輩必無倖。」奕劻惶懼，遽釋之於獄。精衛以九月十六日出獄，聞綬卿在石家莊，十七日晨往赴之。精衛足受鐐久，初出獄，不良於行，四川同志陳栻、彭家珍等扶掖登車。行不數站，喧傳石家莊不通車，吳祿貞被刺死矣，乃返。越旬餘，竭其太夫人於天津逆旅，行李蕭然。乃與諸同志醵數百金賻其喪，綬卿平日清廉可知也。

十二至十四則：述蘇曼殊

第十二則

手稿見本書頁130

清季詩人，如龔定庵，已帶浪漫主義色彩。曼殊詩筆雋妙，與定庵相近。才氣不如定庵，而靜深之致則過之。其實曼殊初不欲使才氣也，其為人亦然。曼殊本深於情者，益以學佛，尤以慈悲為宗。天真未鑿，與人交，無虞詐，如嬰兒。生平不能以強力凌人，人以強力見凌，亦不知何以處之。嘗與馬君武論譯詩，不合。君武數為所屈，辭窮，轉羞為怒，遽起，奮拳欲毆曼殊。曼殊茫然，楊滄伯起而排解，始已。滄伯事後語人曰：「曼殊乃天下之至弱者，而君武欲以強凌之，可謂殘忍矣。」

《民報》紀念特刊，名曰《天討》，（近日某小報襲其名，其無恥尤在冒牌賣藥者下，殆猶狸狌之自命為人也。哀哉！）曼殊為作畫五幅：其一為〈獵狐圖〉，其二為〈岳武穆游池州翠微亭圖〉，其三為〈徐中山泛舟莫愁湖圖〉，其四為〈陳元孝厓門題詩圖〉，其五為〈太平翼王夜嘯圖〉。筆意高遠，第五幅尤為絕作，摹寫翼王入川時情狀，亂山四合中，孤城百尺，狀極峭冷。城外眾幕隱隱，起伏山谷間，而不見一人影，惟疏林衰草，與之無際。維時秋夜沉寥，上有寒月。翼王繫馬城門外枯樹上，被髮，著戰袍，仰首望月，長嘯若有聲。秋風吹髮，灑淅欲起，與嘯聲相應，令讀畫者幾欲置身其中，與此英雄相慰藉矣。章太炎為題句其上云「力拔山兮氣蓋世，時不利兮騅不逝。蜀道之難難於上青天，使人聽之彫朱顏。」用項羽〈垓下歌〉辭，及李太白〈蜀道難〉詩句，渾成貼切，真所謂妙手偶得之者，與曼殊畫筆，可稱雙絕。

第十三則

手稿見本書頁131

李鵷生前寄示蘇曼殊詩一絕，此詩曾見於《曼殊年譜》，而為詩集所未收者，余已即採入「南社詩話」。頃鵷生復寄示曼殊二絕，云自《當代詩文》創刊號抄出，且謂似此清妙之詩筆，本曼殊所專有。而《當代詩文》有柳亞子諸人之作，其非偽造無疑。嗚呼！曼殊飄泊四方，其詩文散佚，正不知幾許。安得有心人如鵷生者，為之處處留心，使零縑碎錦復為完幅哉。詩如下：〈以胭脂為某君題扇〉云「為君昔作傷心畫，妙跡何勞劫火焚。今日圖成渾不似，胭脂和淚落紛紛。」〈碧闌〉云「碧闌干外遇嬋娟，故弄雲鬟不肯前。問到年華更羞怯，背人偷指十三弦。」

鵷生書中又云，五月二日為曼殊逝世十二週紀念。吾曾為文，以抒思慕，竟以此惹人嘲罵，謂為「違背革命的意義」云云。余憶胡適之嘗抨擊曼殊，其他青年，對曼殊亦每加以菲薄。胡適之無論已，至於以為曼殊所作絕非革命黨人作品者，則余有說。第一，革命黨人之作品，其大部分精神，必多注於革命，固矣，然不能謂此外即絕無所作。豈為岳武穆者，必口口聲聲皆是「怒髮衝冠，憑闌處瀟瀟雨歇」，而不能一作「經年塵土染征衣，得得尋芳上翠微。好水好山看不盡，馬蹄催趁月明歸」耶？[1]豈為文天祥者，必口口聲聲皆是「是氣所磅礴，凜烈萬古存。當其貫日月，死生安足論。」而不能一作「伴人無寐，秦淮應是孤月」耶？且文學之作用，本為描寫多方面者。革命黨人儘可只顧實行，不治文學。若既治文學，則其描寫總不能不及於多方面。若必如道學先生之口不離詩云子曰，和尚之口不離阿彌陀佛，神甫之口不離天降罰于爾，則非愚即偽而已。第二，即以描寫革命言之，其描寫亦必非專以單純一方面為已足。革命之積極的精神，如勇猛精進，固當描寫。其消極的操守，如孔子所謂有所不為，孟子所謂不屑不潔，亦當描寫。非必「叫苦」「鳴不平」「怒吼」，然後可謂為革命文學，而「澹泊以明志，寧靜以致遠」則非革命文學也。持此二義，以論曼殊。曼殊生平，固未嘗作革命之戰士，此曼殊所自認者。曼殊所作文字，固非盡屬革命之宣傳品，此又凡讀曼殊遺著之人所同認者。然則曼殊之特點安在乎？其一，曼殊之為人篤於性情，其見諸文學，芬芳悱惻，一如其人。其二，曼殊之為人，天真未鑿，行年三十餘，猶不失其赤子之心。章太炎述其語肥女，最能得其神理。蓋既非唐突，更非刻薄，亦非嘲笑，乃憫其肥而無偶，衝口而出，初無一毫機械也。某君謂如此曼殊豈非傻子？嗚呼！吾見世之不傻者矣。其三，革命黨人最要富貴不能淫，威武不能屈。然在曼殊心目中，則直不知富貴威武為何物，尤不知其何以能屈人淫人。蓋曼殊胸次湛然，殆如秋水之不着塵埃矣。有此三者，故黨人自孫公以下，皆敬而愛之，初未嘗責以所不能。豈惟如是而已，且視如嬰兒，為之傅保，慇懃有加。決不如今日青年，動輒以白眼加人、惡口罵人也。雖然，當時亦有青年如馬君武者，欲飽以老拳，余前已言之。

---

1 「經年塵土染征衣，得得尋芳上翠微」句出岳飛〈池州翠微亭〉，《岳武穆遺文》（文淵閣四庫全書本）作「經年塵土滿征衣，特特尋芳上翠微」。

第十四則

手稿見本書頁134

前述曼殊為《天討》作〈陳元孝厓門題詩圖〉，近承周孝嗣來書，根據柳亞子所刻《曼殊全集》，謂當更正為〈奇石題詩圖〉。然余檢陳元孝《獨漉堂集》，此詩標題為〈厓門謁三忠祠〉，且字句與太炎所題亦有同異，茲錄之如下「山木蕭蕭風更吹[1]，兩厓波浪至今悲。一聲望帝啼荒殿，十載愁人拜古祠。海水有門分上下，江山無地限華夷。停舟我亦艱難日，畏向蒼苔讀舊碑。」太炎題辭「波浪」作「風雨」[2]，似不如原作之沈着。「望帝」作「杜宇」，雖是一物，然以「望帝」對「愁人」為較工矣，「畏」作「愧」則尤不可。按張弘範既以舟師覆宋末帝于海，自以為不世出之功，乃於厓門奇石，大書深刻「張弘範滅宋於此」七字。陳白沙先生為加一「宋」字，遂成為「宋張弘範滅宋於此」，可謂大義凜然。陳元孝以明末遺民，躬與播遷，孤忠耿耿。見此刻石，其悲苦之情，可以想見。「畏」字深足傳神，易為「愧」字，意義全失。大抵太炎當日順筆揮寫，忘檢原本，故有訛字，必非有意更易也。

曼殊所寫〈厓門題詩圖〉，純用荒寒疏淡之筆，能將原詩意味，曲曲繪出。可惜當時《天討》係《民報》一種紀念特刊，冊數不多。近日民智書局翻印本，盡去圖畫，誠不知何所取義也。

1「山木蕭蕭風更吹」為《天討》（民報臨時增刊：1907）章太炎畫上題句，陳元孝《獨漉堂集》（清康熙陳氏晚成堂刻本）作「山木蕭蕭風又吹」。

2 手稿作「風雨」，《天討》（民報臨時增刊：1907）章太炎畫上題字作「雲雨」。

十二至十四則：述沈北山等事

第十五則

手稿見本書頁138

今年三月二十九日，淒風苦雨，益增離羣之感。越日，忽得詩隱自廣州來書，附詩一絕「二十年來一夢中，紛紛成敗幾英雄。人間尚有王凌在，莫道王凌死不同。」聲情激越，為之擊節。

沈北山[1]在北京被捕時，章太炎在上海獄中，有詩曰「不見沈生久，江湖知隱淪。蕭蕭悲壯士，今在易京門。〔魑魅羞爭焰，文章總斷魂。〕[2]中陰應待我，南北幾新墳。」此詩用李太白之風格，而運以杜少陵之氣骨聲調。讀之覺沈雄悲壯，溢於空間。惜五六二句，余已忘之。百覓不得，社中同志，如荷見告，感且無涘。

精衛嘗為余言，在北京獄中，有一獄卒嘗為述北山事，歎息言曰：「彼亦一鐵漢子也。當被捕時，老佛爺（即清孝欽后，北京人皆以此呼之。）本欲即殺之。後以萬壽在邇，乃命杖死。行刑官宣讀時，彼面不變色。但曰：『請快些了事。』於是亂杖交下，骨折肉潰，流血滿地，氣猶未絕。呼曰：『這樣死不了的，把我堵住罷。』於是裂其衣幅，塞口鼻及穀道，再杖始絕。」云云。嗚呼！滿洲之野蠻無人理，革命黨人之萬死不顧一生如此。「中陰應待我，南北幾新墳。」視七十二人同埋骨於黃花岡一坏土者，真有幸有不幸矣。

太炎與鄒容，同以《蘇報》案，繫上海獄。太炎以〈駁康有為書〉，鄒容以著《革命軍》也。此二篇同為名著，成為中華民國不朽之作。太炎既出獄，主《民報》，曾為文斥吳稚暉，謂其告密。稚暉時在巴黎，主《新世紀報》，乃為書致太炎自辨。太炎更痛詆之，謂「當曳尾泥塗，龜鼈同樂。」且有「善箝而口，勿令生痔。善補而袴，勿令後穿。」諸語。當時論者以稚暉告密無據，頗以太炎為過。亦有謂稚暉聞難即避，不以告太炎、鄒容，致令陷於縲絏，即此已有損人格者。然至今日，稚暉老而成魅，附身於軍閥，藉其斧鉞，生平朋舊及後生新進，斬殺無算。斧鉞所不能及者，則以筆舌污之，受者莫能反唇也。然則當日之賣太炎與鄒容，轉無足異矣。

于右任詩，雄渾深秀，嘗見其為人書便面一律云「隱隱黃河綫一痕，馬頭西望日黃昏。風雲晉塞連秦塞，波浪龍門接孟門。高祖山頭餘破廟，將軍臺下祗荒村。川原如錦人如醉，滿地花開不忍論。」美哉此髯，惜未讀其全集。

---

1 柳亞子曾致函汪氏，指出此處所指當為沈藎字愚溪，而非沈鵬字北山，詳見第十六則；章炳麟作沈禹希。

2 手稿脫頸聯「魑魅羞爭焰，文章總斷魂」句，今據《浙江潮》（第7期）所載之章炳麟〈獄中聞沈禹希見殺〉補。

第十六則

錄自《中華日報》副刊第234期（1933年2月23日）

余前紀沈藎死事，並錄太炎獄中懷沈詩，而忘其腹聯。向海內及南社同人，殷殷寄語，期有以補闕。頃得柳亞子書，不但補闕，且揚明沈藎字愚溪，而北山乃沈鵬之字。繩愆糾繆，欣感無涯涘矣。亟錄其來書如左：

曼昭先生鑒：

見八月七日《中華夜報》所載「南社詩話」，引章太炎哭沈藎詩，稱藎字北山，疑有錯誤。北山為常熟沈鵬，以疏劾榮祿，得罪清廷下獄，旋釋歸，與沈藎並非一人。藎自字愚溪，不字北山，或先生誤兩人為一人耳。太炎詩腹聯，似是「魑魅羞爭焰，文章總斷魂。」十字，記憶不甚清楚。原詩似見《浙江潮》月刊，或尚可覆按也。此頌。

進步

柳亞子白
八月十日

可惜余行篋中，無《浙江潮》月刊。求之圖書館中，亦不獲。惟余前此之誤，在以沈藎為字北山，非誤以沈藎與沈鵬為一人也。太炎之詩亦自為沈藎而發，「蕭蕭悲壯士，今在易京門」，非沈藎何足以當之？

十七至十九則：論于右任詩

第十七則

手稿見本書頁140

余前載于右任七律一首，近接孫佩芬寄示右任維舟尚父湖邊之作，云曾載《貢獻雜誌》第一期，且為右任親筆，錄之如下「尚父湖波蕩夕陽，征誅漁釣兩難忘。窮羞白髮為名士，老羨黃泉作國殤。落葉層層迷去路，橫舟緩緩適何方。桂枝如雪楓如血，猛憶關西舊戰場。」右任詩，能合北方雄渾與南方秀麗為一才，觀於此作而益信。「老羨黃泉作國殤」，願右任勉之，毋隨長樂老之後，揖讓進退，以失革命同志之望，可也。

「前人種樹，後人乘涼。」「莫問收穫，只問耕耘。」尚矣！余嘗遊西湖煙霞洞，見題壁絕句云「梅花開遍前頭路，不負當年手種人。」矜平躁釋，尤令人快活。

龔定庵云「落紅不是無情物，化作春泥更護花。」精衛愛誦之。近日坊刻《汪精衛集》，於〈民族的國民〉篇末，綴此兩句，余頗疑之。嘗於通訊時問及之，得精衛覆書云：「篇末空白，隨意填寫古人詩詞或格言一兩句，此雜誌慣事也。然其後輾轉翻刻，竟若以此兩句為與論文相連屬者然，此則非僕所知矣。」然此兩句實能道出志士仁人殺身成仁之心事。執信詩「葉落還肥根」，精衛謂是龔定庵詩意，而另有一種古樸風味。其實精衛所自作，如「雪花入土土膏肥，孟夏草木待爾而繁滋」[1]、如「飛絮便應窮碧落，墜紅猶復絢蒼苔」[2]，亦此物此志也。

高天梅嘗作「萬樹梅花繞一廬」卷子，高吹萬題詩云「高郎身世感無窮，深臥梅林恨朔風。一自好春歸塞外，更無明月照山中。樹圍老屋天然古，花發南枝分外紅。詩到君邊應歎息，朋儕難得賞心同。」此詩曾載《復報》，距今二十餘年矣。余尚能憶之，一字不差。此詩格調極似放翁，心情寄託亦如之。當時題詩卷子雖多，無及此者。

1 出自汪精衛於1911年於獄中所作詩〈大雪〉，全詩見《汪精衛詩詞彙編》上冊（台北：華漢出版，2024）頁14。

2 出自汪精衛1927年所作詩〈春歸〉，全詩見《汪精衛詩詞彙編》上冊（台北：華漢出版，2024）頁66。

第十八則

手稿見本書頁142

余嘗兩載于右任詩，昨日曾仲鳴自舊書簏中檢得右任詩存一冊見貽，題為《變風集》，乃十五年六月至十二月所作。蓋其時右任自上海乘船至海參威，轉乘西伯利亞鐵道車至莫斯科，復由莫斯科至庫倫，度沙漠、經甘肅，以入陝西。似此漠北長途旅行，增加詩人材料不少。故集中諸作，雄恣豪放，闢前人未有之奇，亦右任前此未有之奇。題為變風，殆以此故。然再三讀之，覺稍欠鍛煉。故壯闊有餘，而渾厚深醇，則似有遜於右任他作。蓋致力既有所偏，則豐於此者或嗇於彼，亦事勢所不得不然，右任當不怪余言之戇直也。茲選錄數首於次：

〈再過貝加爾湖〉云「貝加爾湖清澈底，波浪如鳧飛不起。照見征人半白頭，白海之名良有以。河流穿兮似箭，山脈束兮如壘。照映俄蒙兩大民族間，解放之後平分此一水。蘇卿持節是耶非，于今北雁又南飛。計將隨爾渡沙漠，先入關門報我歸。」末四句忽作曼聲，情致尤勝。「鬢連衰草白，沙映夕陽紅。」狀漠北風景，蒼涼盡致。

〈昭蘇稅關拾薪煮飯〉云「晚拾薪回日已斜，掏坑作飯煮磚茶。髯翁不費吹噓力，釜裏微茫見浪花。」此詩不惟有奇趣，尤足表現旅行沙漠之人得水如寶之心情。昔黃山谷以茶餽蘇東坡，媵以詩云「我家江南擷雲腴，落磑霏霏雪不如。為公喚起黃州夢，獨載扁舟汎五湖。」[1]亦釜裏微茫見浪花之意也。

「牛羊似蟣虱，水草作家鄉。」形容固絕倒，但蒙古同胞見之，能不誤會否？

〈固原道中〉云「兩馬一車一破裘，一節相伴入原州。雞鳴半個城邊雨，葉落須彌山下秋。地變難禁成不毀，途長只是老堪憂。人生盡瘁非奇事，君看鄉村服軛牛。」末二句發人深省，可以人而不如牛乎。

1「我家江南擷雲腴」、「獨載扁舟汎五湖」，黃庭堅《山谷集》（文淵閣四庫全書本）〈雙井茶送子瞻〉作「我家江南摘雲腴」、「獨載扁舟向五湖。」

第十九則

錄自《社會日報》（1933年3月14日）及《中華日報》副刊第237、238期（1933年2月26、27日）

前承曾仲鳴惠寄右任詩存一小冊，乃民國十五年所作。余曾摘錄數首，並以評語。頃朱樸之復惠寄右任詩存一冊，起自民國紀元前九年，迄民國十八年。蓋右任半生吟詠，其菁華悉萃於此矣。右任之詩，有幽並豪士之氣而去其粗，有江南佳麗之神而無其靡。沉雄激宕，自成一家。不但在今日詩人中，為不易得之才。即求之古人，亦無慚作者。髯真絕倫超群哉！

卷首有柳亞子題詞六首，語重心長，深情若揭。在亞子詩稿中，亦傑出之作也。「倉皇陽夏籌兵日，辛苦鍾山養望時。終遣拂衣歸海上，高風峻節耐人思。」所以期之者甚厚。願右任勉之，長樂老之流，何足為伍耶？

右任詩存，為三原民治小學校所刊行。版稅所入，即以補助本校費用。蓋右任為本校創始者，讀集中民治學校園雜詩，前十首，樹木樹人，懇懇如見，此舉必右任所樂也。惟以橫式排印，不無可議。中國文字不適於橫行，亦猶泰西文字不適於直行。日本出版界，曾有橫行之提議，卒為大多數所否決。

日本每年出版書籍，遙多於吾國，而橫式之本，幾於絕無。實為有見，吾國青年，但知求新，絕不問其適否。晏殊全集，亦蹈此習，可慨也。

二十至二十一則：記女同志方君瑛、秋瑾

第二十則

錄自《中華日報》副刊第221期（1933年2月9日）

昨日為六月十四日，想一般同志當已忘卻十二年此月此日。有同志方君瑛其人者，以悲天憫人之故，終於決然自殺矣。革命十餘年，而人民之在水火中，乃益深且烈。革命黨人之煩悶，亦固其所，自殺固等於無策。然煩悶之極，又安所擇乎？君瑛之死也，生平親友，各在一方，無一能見其臨終情狀者，此尤可悲。精衛在廣州，聞訃，至上海，殁已數日矣。余記其輓聯云：

持躬茹勞苦，救國歷艱危。聖病難瘳，卒棄餘生如敝屣。
風義兼師友，情深如姊弟。歸來恨晚，空揮殘淚讀遺書。

叔本華以厭世自殺為聖病，故精衛用此語。

第二十一則

手稿見本書頁135

鑑湖女俠秋瑾有句云「祖國興亡人有責，天涯飄泊我無家」為人傳誦，其臨命之際，書「秋雨秋風愁殺人」，想見其從容就義之風度。余憶乙巳秋日，偶集於孫公東京寓廬。其時在座者十餘人，談議既畢，稍作休息。諸人或坐或立，或就庭除散步。庭有老梧桐一株，幹巨，皮新脫，色皎然。林時塽取筆書「龍門」二字於其上，筆意矯健，絕類米南宮。書畢，以筆授精衛，書「待灑向、西風殘月」七字。秋瑾稱善，接筆書「秋草萎黃，秋花瑩潔，一例秋光裏。」時塽問：「此君所自作乎？」笑曰：「說是自作也得。」惜乎當日未及詳問也。

方君瑛在中國同盟會女同志中，以堅毅沈摯，為眾所推服。在日本東京留學時，主張且讀書且革命，能實踐其所言。既畢業於女子高等師範學校，遂歸國為革命奔走。元年以後，復赴法國留學。平日喜治算學，絕少作詩。民國三年九月忽作一絕云「黃葉飄零怨暮秋，蒼天如海月如舟。數年慈父倚閭倦，願借冰輪返故州。」其明年歸國，將省父於上海。未至而父已歿，可哀也已。「蒼天如海月如舟」，古人所未嘗道，實是名句。

二十二至二十五則：孫中山廣州蒙難

第二十二則

錄自《中華日報》副刊第222、225期（1933年2月10、13日）

六月十六日，為十一年孫公蒙難紀念。按桂林旋師之議，發自胡漢民，蔣介石贊之。及孫公師至梧州，陳炯明免職，歸惠州。蔣介石主張進兵追之，使不得立足於惠州，並留兵梧州，阻葉舉等東下。胡漢民則以為陳已無能為，宜即出師江西北伐，以示此次旋師，非與陳爭廣東地盤也。

孫公從胡議，蔣憤而辭去，回奉化鄉居。及北伐之師深入江西，葉舉等東下，經據廣州，遂以六月十六日之夜，圍攻大總統府。孫公幾為所獲，賴登軍艦得免。汪精衛時奉命駐滬，聞變，邀蔣赴難。偕而黃埔，謁孫公於永豐軍艦。孫公自是以蔣為有先見之明，信任過於胡矣。

當陳之在漳州也，整軍經武，提倡新文化，刻苦自勵，有勾踐臥薪嘗膽之風。及其旋師，底定廣東，首禁賭博，並申鴉片煙禁。創為縣知事民選，境內翕然望治，黨中文武同志，皆望陳能力助孫公，以成革命之功。乃陳器小易盈，欲以南越五終老，而胡漢民又時時齮齕之。巨變既成，陳遂永絕於黨。而孫公及汪精衛、廖仲愷諸人，亦遂不慊於胡矣。郭筠仙詩云「誰言肝膈干戈起，慚愧平生取友心。」三誦之餘，彌用慨然。

第二十三則

手稿見本書頁136

廖仲愷生平詩詞，見於《雙清詞草》，篇什不富，而清麗中見氣骨。雙清者，仲愷所居樓名。仲愷與其夫人何香凝伉儷至篤，取「惟願取年年此夜，人月雙清」詞意，以名其樓。朱執信為書橫額，筆意矯健，凡至廣州東山仲愷寓樓者，多屬目及之。及執信歿，珍惜其遺墨，乃以紫檀木為框，壓以頗黎，以障風日。仲愷既歿，香凝輯其遺稿，即以「雙清」名之。

仲愷所作，詞多於詩。其在民國以前之作，如〈春至夜 · 菩薩蠻〉「邊冷雪如塵，隨風狂撲人」，蓋其時仲愷客吉林巡撫陳昭常幕中也。描寫邊景，何減范希文窮塞主語。至「擁衾尋夢去，夢也無憑據。便使到家鄉，樓頭少靚妝。」則又與范希文「殘燈明滅枕頭欹」同一風味。

《雙清詞草》，以十二年六七月間所作為獨多，其本事有可尋者。十二年六月十六日，陳炯明在惠州，命其將葉舉、洪兆麟等率部夜襲廣州大總統府。孫公聞變，微服出險。至海珠，下軍艦。時北伐大軍已入贛，大本營設於韶州，孫公僅偕少數衛士及警備團返廣州。事起倉猝，大總統府燬焉，此誠國民黨之巨變。不特國民黨之不幸，亦中國之不幸也。先一日，陳誘仲愷至石龍，囚之。仲愷固盡力佐孫公者，然構成孫陳之變，其咎在胡漢民、不在仲愷，陳亦知之。特患仲愷必佐孫公，故出不意，囚之，繫於石龍鍾景棠司令部樓上。時陳居惠州西湖之百花洲，葉舉等在廣州，以電話通消息，石龍居中間為承轉。故陳與葉舉等往來問答，仲愷一一聞之。初聞報曰：「已包圍大總統府矣！槍發矣、砲擊矣、縱火矣！」仲愷悲且憤，頓足詈。鍾景棠等嬉笑，殊自得。及聞報曰：「噫！遍覓大總統不獲，殆已脱身走矣。」俄而復聞報曰：「孫已登軍艦，且下令各艦均集中白鵝潭，將對白雲山總指揮部開始砲擊矣。」仲愷悲憤始稍釋，旋被解至石井兵工廠。至八月十一日，孫公赴上海，陳入廣州，部署叛事已定，始釋之。陳初欲殺仲愷，嗣以熊略等抗議，葉舉等亦不欲為已甚，故得釋。不然，則仲愷不待至十四年八月二十日，始畢命於刺客之手也。

囚居數十日中，至無聊，乃為詩詞以自遣。故《雙清詞草》，於此乃占其大部分。其〈題五層樓・一翦梅〉有云「跳梁小鼠穴其中，晝靜潛蹤，夜靜穿墉。」摹寫當日叛軍情形，令人可笑可恨。「鼠肝蟲臂唯天命，馬勃牛溲稱異才。物論未應衡大小，棟梁終古蠹蟓摧。」真可謂長歌當哭矣。

至於閨房之內、夫婦之間，其性情流露處，亦饒有國風之遺。「一度生嗔，一度相親，一樣歡情未許分。」可想見其倡隨之樂。既有「擁衾尋夢去，夢也無憑據」之淒涼別調，則自然亦有此等歡娛之辭也。

「宇宙間唯愛長存，萬物都隨流水。」光風霽月，藹然照人，可謂不朽之名句。

第二十四則

手稿見本書頁145

四年，袁世凱帝制謀定。執信奉孫公命，將在廣州起兵討之。會陳炯明亦有所圖，執信聞之，乃寄陳以詩曰「五湖去日臣行意，三窟成時客有能。復說屠羊王返國，逢君跨馬我擔簦。暫同鮒涸相濡沫，莫學狐疑屢聽冰。」末二句則余忘之矣。執信此詩，蓋深知陳之性質，好為人上。慮其以忮刻僨事，故以此喻之。辭雖嚴冷，而意則質直。陳見之，為之爽然。噫，使胡漢民而能如此，則於九年冬間，必不至以一廣東省長之故，蓄憾於心，日夜構陳於孫公之側矣。[1]論者謂十一年六月十六日觀音山之變，陳固安祿山，而胡則楊國忠，諒哉！

「五湖去日臣行意」，指二年陳受任廣東都督時，執信決然去國也。「三窟成時客有能」，薄當時陳之結納梁士詒也。「復說」「屠羊」二句，明此來專為發難，絕無與陳爭廣東位置之意也。「暫同」「鮒涸」二句，所以堅陳之信也。韓昌黎詩「嗟爾殘月莫相疑，同光共影須臾期。」[2]嗚呼！天下之最短氣事，莫過於共處一境同任一事，而時時刻刻互懷猜忌之念矣。執信以九年九月二十日殉難於虎門，其時陳炯明方率師與桂將林虎、滇將李根源等戰於潮惠之間。魏邦平、李福林則與桂將馬濟等對峙於珠江兩岸，勝負未判。孫公乃命汪精衛、廖仲愷繼執信之任。及戰事既定，汪精衛赴上海迎孫公暨伍秩庸、唐少川及胡漢民，偕至廣州，復開軍政府。既而精衛知胡與陳之相齮齕也，悵然不樂，遂一人歸上海，舟中有詩曰「鷗影微茫海氣春，雨收餘靄碧天勻。波凝綠螘風無翼，浪蹙金蛇月有鱗。始信瓊樓原不遠，卻妨羅韈易生塵。鐘聲已與人俱寂，負手危闌露滿身。」所謂「始信瓊樓原不遠」，言有志者事竟成也。所謂「卻妨羅韈易生塵」，言履霜堅冰至也。大不得意之事，即伏於得意之時。古今來往之如此矣。

執信之詩峭厲，而精衛之詩則溫婉，兩人詩派固不同也。十一年二月[3]，鄧鏗死於刺客之手，未幾孫公自桂林旋師驅陳炯明，兵禍遂作。韓仲樂言《禮記》「鐘聲鏗」，「鐘聲已與人俱寂」謂鄧仲元死事也。「負手危欄露滿身」，謂大亂已成，不能挽救也。是為詩讖，是則未免於鑿矣。

1「日夜構陳於孫公之側矣」句，汪氏所書之部首邊旁「扌」「木」同形。按文意，此處指構陷、陷害，故訂為「構」。

2「嗟爾殘月莫相疑，同光共影須臾期」，句出韓愈〈東方未明〉，《全唐詩》作「東方半明大星沒，獨有太白配殘月。嗟爾殘月勿相疑，同光共影須臾期。殘月暉暉，太白睒睒。」

3 鄧鏗於舊曆2月25日逝世，即西曆1922年3月23日。

第二十五則

手稿見本書頁143

民元以來，廣東連年構兵，民無寧日。民九，陳炯明率師自漳州回，克潮、惠，遂復廣州。明年六月，陸榮廷遣陳炳焜等自梧州來犯，擊破之，乘勝戡定全桂。其年十月，孫公率大軍北伐，次桂林，其時兩廣兵強民安，庶政以次就理。十一年清明節日，廣州軍政當道暨教育界創議於白雲山種梅數萬株，設山林警察以保護之。鄧仲元笑曰：「吾當使白雲山變為綠雲山也。」陳樹人將自坎拿大歸國，賦詩留別坎屬同志「聞說羊垣景大殊[1]，梅花新植八千株。白雲山畔公園路，也願同來散步無。」即指此事。其實當日所植不止八千株，遠道傳聞尚未確耳。何意是年六月，葉舉率師自桂回抵廣州，有異志，於白雲山巔設總指揮部，俯瞰全城。十六日事變後，叛軍大掠。繁華街市，頓成蕭索，而白雲山所植數萬株梅，亦為叛兵樵采殆盡。能仁寺畔，有梅百餘。寺僧欲保存之，謂叛兵曰：「此陳總司令所手植也。」叛兵怒叱曰：「吾輩尚欲手刃大總統以為快，總司令何物者？」噫！自作孽，不可活，此之謂歟？

余前紀廖仲愷詩詞，稱道其閨房倡隨之樂。然猶未若陳樹人所作之多多益善也。讀《寒綠吟草》，往往為之莞爾。

楊滄伯詩筆清出，余記其民五〈舟抵上海懷陳英士〉一絕云「霸氣英風已寂寥，山松遺壘未全消。胥濤白馬何人見，嗚咽春申浦上潮。」蓋其時英士殉國未幾也。刺英士者，發蹤指示為袁世凱，人人知之，功狗則所謂狗肉將軍也。鄭汝成伏誅，而袁世凱不得保有淞滬。陳英士殉國，而東南革命之進行受一挫折，一人之關係亦大矣哉。

南社諸人之詩，以陳去病為獨多，已刻集。服務於南社，精且勤，則莫如柳亞子。凡三十年如一日。人品亦高尚，皭然無所污。十五年春，國民黨第二次全國代表大會，被選舉為中央監察委員。十六年四月間，南京舉行清黨，往往藉分共之名，以殘殺異己。亞子不義其所為，始終亢節，不為所屈，殆所謂狷潔自好之士者歟？勗哉亞子，砥礪名節，以慰故人。元規之塵，不足污也。

1「聞說羊垣景大殊」，陳樹人《寒綠吟草》（和平社：1929）作「見說羊垣景大殊」。

二十六至二十九則：記汪精衛獄中見聞與創作

第二十六則

手稿見本書頁147

去歲冬日，余於坊間購得《汪精衛集》四冊，第四冊之末，附詩百餘首。又購得《汪精衛詩存》一小冊，讀之均多訛字，不可勝校。曾各買一部以寄示精衛，並附以書，問訊此等出版物，曾得其允許否，何以訛謬如此。嗣得精衛覆書如下：

奉手書及刻本兩種，敬悉。弟本以供革命宣傳之用，不問刊行者為何人，對之惟有致謝。至於詩，則作於小休，與革命宣傳無涉，且無意於問世。僅留以為三五朋好偶然談笑之資而已。數年以前，旅居上海，葉楚傖曾攜弟詩稿去。既而弟赴廣州，上海《民國日報》，逐日登弟詩稿。弟致書楚傖止之，已刊布大半矣。大約此坊間本即搜輯當時報端所刊布者。刊布尚非弟意，況於印行專本乎？訛字之多，不必校對，置之可也。

余嘗在廣州東山陳樹人寓，得見精衛手錄詩稿，簽題為《小休集》，並有自序一首。余抄而存之，今錄之於左：

《詩》云「民亦勞止，汔可小休」，旨哉斯言。人生不能無勞，勞不能無息。長勞而暫息，人生所宜然，亦人生之至樂也。而吾詩適成於此時，故吾詩非能曲盡萬物之情，如禹鼎之無所不象、溫犀之無所不照也。第如農夫樵子，烈日行長道中，偶就道旁大樹下，釋負而息、箕踞而坐，相與歌吟笑呼，以忘勞苦於須臾耳，因即以小休名吾集云。

以精衛之自序，勘精衛之詩，覺其所言，一一吻合。蓋精衛在北京獄中，始學為詩。當時雖鋃鐺被體，而負擔已去其肩上，誠哉其為小休矣。囚居一室，無事可為、無書可讀，舍為詩外，何以自遣？至於出獄之後，則紀遊之作，居其八九。蓋二十年間，偶得若干暇日，以作遊息，而詩遂成於此時耳。革命黨人，不為物欲所蔽，惟天然風景，則取不傷廉，此蘇軾所謂惟江上之清風，山間之明月，為取之無盡，用之不竭者。精衛在民國紀元以前，嘗為馬小進作詩集序，最近為陳樹人作畫集序，皆引申此義。彼為《汪精衛詩存》作序者，殆未知精衛作詩之本恉也。

第二十七則

手稿見本書頁149

精衛居北京獄中可二年，時時就獄卒，得聞數十年來軼事。[1]嘗語余，倘筆記之，可成一小帙。且字字實錄，出自獄卒之口，質俚無粉飾，較之文人作史，尤為可信。前曾紀沈北山[2]一段，玆更拉雜述之，或病其非詩話範圍。然古今詩話，所述者並非以詩為限，此例不自我創也。

有老獄卒劉一鳴者，戊戌政變時，曾看守譚嗣同等六人，其言曰：譚在獄中，意氣自若，終日繞行室中，拾取地上煤屑，就粉牆作書。問何為？笑曰作詩耳。可惜劉不文，不然，可為之筆錄，必不止「望門投止思張儉」一絕而已也。林旭美秀如處子，在獄中時時作微笑。康廣仁則以頭撞壁痛哭失聲曰：「天哪！哥子的事，要兄弟來承當！」林聞其哭，尤笑不可仰。既而傳呼提犯人出監，康知將受刑，哭更甚。劉光第曾在刑部，習故事，慰之曰：「此乃提審，非就刑，毋哭。」既而牽自西角門出，劉知故事，縛赴市曹處斬者始出西角門，乃大愕。既而罵曰：「未提審，未定罪，即殺頭耶？何昏憒乃爾！」同死者尚有楊深秀、楊銳，無所聞。惟此四人，一歌一笑，一哭一罵，殊相映成趣。

刑部獄舍分兩種：一為普通監，一為官監。普通監陰濕凶穢，甚於豕牢。官監則有種種，其最上者，客廳、書室、寢室及廚皆備，無異大逆旅也。專制君主，喜怒不測，其大臣往往有朝列廊廟而夕投囹圄者。亦有縛赴市曹，而臨時赦免，倚畀如故者。相傳雍正時有工部郎中李恭直者，以事繫獄，為獄卒所侮辱。既而得釋，旋遷刑部郎中，管獄。擣摭諸獄卒以毛細事，痛杖之。每日杖十餘人，有杖斃者。獄卒經此懲創，咸有戒心，對於犯官大都伺候惟謹。犯官有予以賂金者，且屈膝謝賞，口稱「大人高陞」焉。故犯官入獄，惟患無錢。錢多則居處適意，直如家中。最豪侈者，為淮軍諸將葉志超、龔照嶼等，以甲午戰敗，喪師辱國，拿交刑部治罪，一被斬、一繫獄中。至庚子聯軍入京，始乘亂逃出。獄卒為言其在獄中時，放縱邪辟，實駭人聽聞。

初入獄時，賂獄中上下逾萬金，自管獄郎中以下，皆成感恩知己。每食，席前方丈，輒以餕餘犒普通監諸囚。其尤可駭者，家中侍妾八人，輪流至獄中當夕。稍不如意，輒加以鞭撻。凡分三等，最輕者，自執籐條撻之；較重者，褫下裳，笞其臀；最重者，裸而反接，令馬弁以馬鞭撻之。獄囚每聞婦人哭聲，輒動色相告曰：「龔大人生氣，打姨太太了。」其荒謬有如此者。

庚子之役，尚書徐用儀、侍郎許景澄、太常卿袁昶以直言被殺，世所稱三忠也。徐已年老，就戮時昏不知人，許慘然無聲，惟袁意氣慷慨。將赴市曹時，跪聽詔旨畢，起立受縛。故事，三品以上，以紅色絲繩為縲絏。袁忽慨然曰：「死亦好，省得看見洋人打進京城。」監斬官徐承煜，大學士徐桐之子也。聞而呵曰：「你想洋人打進京城嗎？」袁大怒，目光如炬，罵曰：「你兩父子把中國害透了！狗一樣東西，還敢罵我！」徐亦怒，詈曰：「快些拉出去，宰了他。」袁曰：「哼！我死得很痛快的，你們將來死得連一隻鼠子都不如！」獄卒聽者面無人色。蓋以前犯官皆俯首受戮，未聞有作如許激烈語者也。其後聯軍破城時，徐承煜以保宗全家為請，逼其父自縊，旋亦伏誅，臨刑時輾轉不肯受刃，就地作十數滾，斯真鼠子之不若矣。

內務府總管大臣立山家鉅富，下獄時攜金葉百餘疊。令獄卒報消息，每一報輒給以金一葉。最後報至，已飭提犯人立山出監。立探衣囊出丹紅一小塊，納口中。提者未至，已氣絕矣，聞是鶴頂紅云。

賽金花曾繫女監，管獄郎中某，設盛筵款之。酒酣，令作歌。賽金花辭以不可，乃娓娓作清談。某語人，此為一生最得意事。刑部司員來探望賽金花者，踵趾相接。有主事某，洪鈞之門人也，一見屈膝請安，口稱師母，賽金花亦為之赧然。

以上皆就昔所聞者，拉雜紀之。至於全部記述，不能不俟諸精衛之手筆矣。

---

1 關於汪精衛行刺攝政王被捕後之獄中經歷，請參看汪氏「自傳草稿」，收錄在《汪精衛生平與理念》（時報文化：2019）頁220–222。

2 當為沈藎，字愚溪，詳見第十六則條。

第二十八則

手稿見本書頁153

精衛獄中〈詠楊椒山先生手所植樹〉[1]云「樹猶如此況生平，動我蒼茫思古情。千里不堪聞路哭，一鳴豈為令人驚。疏陰落落無蟠節，枯葉蕭蕭有恨聲。寥寂階前坐相對，南枝留得夕陽明。」此詩已為人傳誦，余特述其本事如左：

史稱楊椒山先生之劾嚴嵩也，疏入，得旨，拿交刑部拷訊。承審者希嵩旨，將予以毒杖。親友有贈以蚺蛇膽者，謂可祛創痛。先生笑卻之曰：「椒山自有膽，何用蚺蛇為？」既杖，腰以下血肉狼藉。先生在獄舍中，踞小凳，碎碗瓦，持瓦片以截腐肉，隨截，隨棄地上。一獄吏執燈旁伺，股栗手顫，燈幾墮，先生意氣自若也。繫獄中久，嘗手植榆樹一株，曰：「我生則榆死，我死則榆生。」是歲榆生而先生以秋後棄市，臨刑賦詩曰「浩氣還太虛，丹心照千古」、「平生未報恩，留作忠魂補」，天下士涕泣傳誦之。樹自先生歿後，日益茂盛。歷明至清，無敢翦伐之者，相傳樹乃神怪。清康熙時，有管獄郎中某，惡其占隙地，命伐去之。有諫者，不聽。斧斤已具，而家人來報，其封翁以中風死矣，踉蹌舍去。嘉慶時，又一管獄郎中某，惡樹枝拂瓦，命伐去其枝。不數日，乘騾車出門，輪蹶於道，蹩其左足。大懼，扶病至樹下，泥首以懺。由是相戒，不敢有不軌之志矣。精衛語余，此殆有心人造此神話，以存甘棠之愛，理或然也。樹既得遂其生，濃陰所蔽，遂及數畝。獄中夏日，諸囚恃此以蔭日而邀風，其澤固至溥。精衛又嘗語余，所居獄室，正對此樹。朝夕盤桓，有如良友。及民國元年，王寵惠長司法，議改獄舍，精衛嘗告以宜勿毀此樹。笑曰：「君即不為保全古物計，亦當為衛足計也。」六年，再至京師，獄舍剷平已盡，而此樹巍然獨存，以鐵闌護之。乃拾取枯枝懷歸，以為紀念。十三年秋，余於精衛書室中曾一見之。

清刑部獄即明錦衣獄故址，有明一代忠臣義士盡節其中者不可勝數。惜代遠年湮，末由考其遺跡矣。精衛嘗告余，獄卒有劉姓者，執此業已六代，其人頗能讀書。嘗語精衛，君所囚處，方望溪所曾繫也。精衛甚喜，取《望溪集》述史可法見左光斗事為七古一首，頗淋漓盡致。後以為不工，刪去之。

1 汪精衛《雙照樓詩詞藁》作〈詠楊椒山先生手所植榆樹〉，載《汪精衛詩詞彙編》上冊（台北：華漢出版，2024）頁12。

第二十九則

手稿見本書頁152

南社詩人之作，散見於南社諸集。胡韞玉樸安病其汗漫，輯《南社叢選》，文十卷、詩十二卷、詞二卷。其慇懃編次有足多者，至所取舍，未能盡如人意，則亦各人主觀，不能盡同，未足為病也。惟其最大疵謬，則在疏忽。張冠李戴之笑柄，不一而足，茲舉一例如下：詞選卷一，錄精衛詞三首，一為〈臺城路・題江仁矩《六朝花管齋填詞圖》〉、一為〈前調・贈黃椒升〉、一為〈金縷曲・獄中所作〉[1]。除〈金縷曲〉外，餘二首余嘗讀而疑之，蓋詞非不工，但迥非精衛文字氣息也。因為書以質精衛，旋得覆書如下「手示敬悉。此二詞皆非弟作，且弟並不識江仁矩、黃椒升為何如人，亦未嘗寓目所謂〈六朝花管齋填詞圖〉，詞愈工則愈不敢掠美。樸安《叢選》成時，弟曾為之序。僅知其大凡，而未見全書，故有此失。本當寓書樸安請其更正，但未知近來住址，祈以此書實入「南社詩話」，以代更正為荷，弟兆銘謹白。」云云。按樸安既得精衛為《南社叢選》作序，則其關係不可謂不密，而訛謬尚如此，其他可知。再版之際，非重加料簡不可。

1 全詞見《汪精衛詩詞彙編》上冊（台北：華漢出版，2024）頁71。

三十至三十五則：論作詩

第三十則

錄自《中華日報》副刊第139期（1932年10月20日）及《社會日報》（1932年10月27、28、29日）

《朱執信集》所收詩甚不多，以余所知，執信於詩學研究極深，其所為詩，較集中所收，不止倍蓰[1]。惟執信作詩，每不留稿，隨手散失。朋輩以其方在盛年，於其翰墨，亦不甚視為難得，無意於什襲，初不虞其忽然而逝也。

欲研究執信之詩，不可不研究其尊人棣垞先生之詩。蓋執信詩學，實胎息於其尊人。棣垞之友陶子政嘗評棣垞詩，古似陳後山，汪莘伯亦云然。棣垞自評其詩曰「清而薄，如僧廚之粥也；瑩而確，如碔砆之玉也；挺而弱，如盆山之竹也；黝而削，如羸夫之肉也。」云云，其語妙天下如此。然凡讀《棣垞集》者，無不歎其自評之確。蓋棣垞之詩，幽深峭刻，一洗淺易浮滑之習。生平推孟郊而薄蘇軾，誠哉其近於陳後山也。執信之詩，於此極肖其先人，徒以奔走革命，苦吟之功，不如其先人之精且專，然才則實過之矣。

余既述執信文學，受其尊棣垞先生及父執陶子政先生之陶冶為多。昨夜偶暇，檢《頤巢類稿》讀之。余之十年冬日，曾讀一過，丹黃爛然。今者重溫，如發陳釀，誠所謂舊書不厭百回讀也。但覺一種淵懿之氣，穆然中人。全集琳琅，不可勝舉。執信嘗為余誦「百年變化嗤蟲臂，萬事殘餘厭馬肝」[2]而好之，以執信為後山詩派，造句務生澀也。劉伯端則愛其「掇蕊么蜂馱蜜去[3]，爭杯寒鵲踏枝翻」，精衛則愛其「澆花小試春風手，放鶴期聞碧落聲」，余則愛其「士出艱危天亦靳，功成倖試古無多」。陸放翁曾有句云「嘗試成功自古無」，胡適之反其意為「自古成功在嘗試」，不知放翁之云「嘗試」即子政之云「倖試」。適之粗心，未體會耳。

1《中華日報》作「不止倍少蓰」，汪精衛〈論革命之趨勢〉（載《汪精衛政治論述》匯校本上冊）有「猶將倍蓰」、「不止於倍蓰」語，今訂為「不止倍蓰」。

2《社會日報》作「前事殘餘厭馬肝」，今據陶邵學《頤巢類稿》(粵東省城學院：1911) 訂作「萬事殘餘厭馬肝」。

3《社會日報》作「掇蕊公蜂馱蜜去」，今據陶邵學《頤巢類稿》(粵東省城學院：1911) 訂作「掇蕊么蜂馱蜜去」。

第三十一則

手稿見本書頁160

詩之有派，乃不得不然。門戶之見太深，入主出奴，固為不可。而持模稜之說者，既無是非亦無好惡，則所謂不誠無物者耳。余以為率其性之所近，行其心之所安，此「樂則行之，憂則違之」之說也。取人之所長，以補己之所短，此「愛而知其惡，憎而知其善」之說也。此二說者，不可偏廢。余前述朱執信之詩，受其先人棣垞先生之影響甚深。棣垞生平最不喜東坡詩，以棣垞詩派，於後山為近，其嗜好使然也。執信亦然，於東坡不但惡其詩，且惡其文，且推其所惡以及於老泉、子由。嘗曰，少年若讀三蘇詩文，必墮惡道。蓋後山詩派，以深刻為尚，惡東坡之汎濫，以為學之必流於輕率浮滑也。然執信之父執陶子政先生，則亟稱東坡。其《頤巢詩稿》，有〈讀蘇文忠詩〉一首，推之甚至，然子政則固非東坡詩派也。子政與棣垞為摯友，同治詩古文。一時朋輩，對此二人，皆折服，不敢抗行。棣垞先沒，子政為文祭之，且為之作傳，又輯其詩文，而為之序，讀之令人悠然增朋友之重。棣垞之詩文，精悍廉折，如干將莫邪，凜凜照人。子政之詩文，溫厚深純，如琳瑯美玉，藹然可親。其文之意度氣息，與劉子政、曾子固、張皋文為近。而其詩之一種儒雅蘊藉之氣象，則余於古人中，尚未能得其比擬也。棣垞生時，與子政論詩文，所見不盡同，而互相推重。於其不同之見，又各守之不踰，其論蘇詩，即其一例。余平生傾倒頤巢，過於棣垞。蓋每讀《頤巢詩稿》，輒如在光月霽風中，不自覺其矜平躁釋矣。余於二人之論蘇詩，亦復左袒子政。惟余於棣垞之薄蘇詩，雖不能贊同，而於其尊山谷，則不能不推服。蓋山谷詩派，實足為一般濫調者作當頭棒喝。不作詩則已，作詩則不可不用一番苦吟工夫。「惟陳言之務去，戛戛乎其難哉。」為文如此，為詩尤然。寧艱深，勿膚淺。古今不少佳作，看以為平易者，其實皆自艱深中來也。南社詩人林浚南嘗以詩質鄭太夷，太夷報以七絕兩首。其一云「少矜才筆可通神，老覺枯腸稍逼真。喜子能詩通性命，何妨取徑自艱辛。」自是曾經甘苦人語。然今之號稱山谷詩派者，往往以艱辛自鳴得意。其所為詩，一種攢眉哆口之態，宛然可掬，令人憫笑。須知艱辛不難，難在艱辛之後，以平易出之，此則欲為太夷進一解者也。

第三十二則

手稿見本書頁162

上次「矜平躁釋」誤排為「矜手躁釋」請更正。

曩論新舊詩體之異同，蓋其所異，不但文言白話之間而已。新體詩從歐洲脱胎而來，歐洲詩體，近亦分新舊兩種。然即以舊體詩而論，亦與吾國詩體異趣。大抵歐詩淋漓盡致，略如吾國之樂府歌行。吾國之詩，雖賦比興諸體具備，要是比興為多。詩三百篇，國風強半比興，雅頌則賦。論其巧拙，自然國風為優。例如「予羽譙譙，予尾翛翛，予室翹翹，風雨所漂搖，予維音嘵嘵。」其聲哀，其辭苦。「正月繁霜，我心憂傷。」縱千百言，不能及此數句之動人也。故吾國之詩，實以意內言外為主。如雲中飛龍，偶見鱗爪；如鴻冥天外，微聞餘響。除杜工部一家，以賦體見長外，殆皆由此道也。以此種作法，移於新體詩，未始不可。然新體詩脱胎於歐洲詩體，此種絃外之音，轉非其本色耳。

數百年來，填詞者知尊夢窗、知學夢窗，而真得神髓者，惟朱古微。作詩者知尊山谷、知學山谷，而真得神髓者，惟黃晦聞。晦聞之詩，美不勝收，其人格亦儒雅。曾一度為廣東省教育廳長，昧於教育原理，遂有詩人廳長之譏。此由當道者之用違其才，未免可惜耳。

晦聞為北京大學教授，疾胡適之作新體詩。每與諸生論及，悻悻然見於顏色，而適之疾之亦相埒。此如鬥鵪鶉、鬥蟋蟀、鬥雞、鬥牛，供人發噱，其盛意有足多者。

適之初作白話詩，如「六年你我不相見，見時在赫貞河邊[1]」全首聲調體格，純然七古，所異者用白話耳。此體前人已有為之者，《新民叢報》曾載廣州白話詩兩首，一為試帖，五言八韻，題為〈張良椎秦〉；一為七律，題為〈項羽垓下〉。白話詩之提倡，何得以適之為鼻祖乎？

廖仲愷之兄鳳書，亦曾以廣州白話為七律十餘首，題為〈讀漢書〉。其〈詠范增〉云「老貓燒剩幾條鬚，悔恨當年識錯渠。濕水馬騮唔過玩，爛泥菩薩點能扶。明知屎計多兜督，重想高番再擲鋪。一自鴻門渠錯過，神仙有篋也難箍。」[2]又〈詠高帝〉云「用到軍師屙削屎，做成皇帝笑依牙。項王已自烏江喪，邊個同渠拗手瓜？」較之「既然廩(石手)[3]爭皇帝，何必頻輪殺老婆」真可謂異曲同工。鳳書又有句云「風車世界拉拉轉[4]，鐵桶江山慢慢箍」竟是名句。

寫實派不問甘苦香臭，總以寫實為主。余曾見一絕句，〈詠江干風物〉云「一堆攞攞一堆沙，又有柑皮又蔗渣。忽聽船邊橋板響，丁冬一督屎頭瓜。」可謂妙於寫實，勝一般黑幕大觀多矣。蓋覬覦人家牀笫事，與覬覦人家廁上事，實無以異。而「文在廁上」，實較有風味也。

1「見時在赫貞河邊」，胡適之《嘗試集．贈朱經農》（亞東圖書館，1926）作「見時在赫貞江邊」。

2「老貓燒剩幾條鬚，悔恨當年識錯渠」、「明知屎計多兜督，重想高番再擲鋪」，廖恩燾《嬉笑集》（甲子木刻本，1924）作「老貓燒剩幾條鬚，悔恨當年眼冇珠」、「明知屎計專兜督，重想孤番再殺鋪」。

3 廩(石手)，粵語用詞，粵音為 lam5 dam2 ，(石手)無公認本字，詞意為不斷；與下句同為粵詞之「頻輪」相對，詞意為急忙。

4「風車世界拉拉轉」，廖恩燾《嬉笑集》（甲子木刻本，1924）作「風車世界啦啦轉」。

第三十三則

手稿見本書頁164

南社諸人，多治舊體詩，對於新體詩，意見尚未一致。余則以為，新舊兩體不妨並行。余此言非故為折衷，蓋詩之歷史觀，應如是也。與其息爭，不如激之使爭，爭愈烈，則其進步亦愈速。歐洲今日詩壇，新舊體詩，尚互爭不已。而畫展覽會，新舊派畫，亦如角逐中原，不知鹿死誰手。新派畫之奇劣，較吾國近日之新體詩，尚有過之，閱者毋少見多怪可耳。

去歲冬間，滬上晤陳堅士論新舊詩。其意以為新體詩不可入舊詞藻，舊體詩不可入新名詞。余以為不必，詩但論其氣韻體格如何，字句融化，實非甚難。黃公度先生《人境廬詩》，多以新名詞入舊體詩中，轉覺其妙。即以馬君武〈縫衣女〉詩「縫衣復縫衣，雞聲起前廚。縫衣復縫衣，星光臨窗幃，一針復一線，一線復一針，低頭入睡鄉，縫衣未敢停。」何嘗非絕好舊體詩？至如「側聞回教國，女罪不可贖。耶教復如何？為奴幾時畢？」則極愷惻纏綿之致矣。惟君武所作亦有過火者，嘗記其〈賀高劍公新婚〉詩云「娶妻當娶意大利，嫁夫當嫁英吉利。我在英意聞此語，疑是英雄欺人語。社會有分子，分子之中有原子。漢族未造新家庭，侈言新國徒為爾。崑山高劍公，與吾言此理。自築萬樹梅花廬，造新家庭自隗始。我祝高劍公，並祝劍公婦。澄清天下始一室，改革社會雙聯臂。」云云，此則期期以為不可矣。此高劍公，江蘇崑山人，嘗為國會議員，非嶺南矮小善畫之高劍父也。讀者辨之。

第三十四則

手稿見本書頁120

民族主義思想，於明末為尤盛。治經學者以顧亭林、黃梨洲、王船山三先生為之魁。治文學者亦眾，若嶺南之屈翁山、陳元孝，亦其表表者也。自康熙間，開博學鴻詞科後，一時學士文人高尚其志者，戢戢然如豚入笠，誠所謂「西山薇蕨吃精光」、「一陣夷齊下首陽」者。雖其樸學或文學猶得著稱於時，然文彩雖存，本實已撥，其價值不過如髹漆馬桶而已。雍乾以後，墜緒微茫，直至南社崛興，始繼志述事，且發揮而光大之。故南社藝文，在中國歷史上確有相當之位置。無論胡適之輩如何巧誣醜詆，不能損其毫末也。

僕本忍人，生平寡淚，然每讀屈翁山、陳元孝之詩，輒愴然不能自已。初以為鄉土關係，所感易深則然耳。後讀洪北江詩，其推尊翁山甚至。「獨得古人雄直氣，嶺南詩筆勝江南。」始知天壤間自有公論也。

雄直與粗獷有別，亦正如蘊藉與委靡有別。欲為蘊藉而反得委靡者，其所作讀之，如聞蒼蠅之嗡嗡然，令人生厭。欲為雄直而反得粗獷者，其所作如牛鳴，令人發笑。南社詩人田桐，綽號水牛將軍，嘗一日謂孫公曰：「田單火牛法，今尚可用，然以水牛為宜，以其較黃牛氣力大也。」孫公莞爾曰：「古有田單火牛，今有田桐水牛矣。」一時在座者，皆為之絕倒。田桐嘗有詩曰「大哭一聲黃帝墓，兒孫如此恁安排。」克強笑曰：「此真水牛將軍口吻也。」此雄直與粗獷之別也。

詩之最醜不可耐者，如「夢想封侯」及「自憐落魄」等語。古代詩人，習以為常，恬不為怪，南社諸子，亦所不免。四川詩人雷鐵崖，元年在臨時大總統府秘書處，以事忤胡漢民，決然舍去，孫公留之不得，其風骨固在也。然及其作詩曰「十年革命黨，卅日秘書官。」余見之幾為作嘔，此真可謂厚自誣衊矣。余嘗欲作古今詩選，其選擇標準以志事為先。凡一切熱中落魄等等醜辭嫚語，悉從沙汰，為中國詩界洗此污點。自謂較王漁洋之標神韻，沈歸愚之標格律，扼要多矣。

問人以古今之詩何句最好，此問可謂寬泛之至矣，然余可不假思索而應之曰「孟夏草木長，繞屋樹扶疏，眾鳥欣有託，吾亦愛吾廬。」讀此四句，直覺天物萬物，一切平等、一切自由。民胞物與之念，盎然言表，而極真率、極自然。無道學家頭巾氣，亦無宗教家念珠氣，真可謂中國第一首詩也。「既耕亦已種，時還讀我書」，大同社會之理想如是如是，較老子之「虛其心，實其腹」見解更進矣。陶詩好處在博大高明，如「涼風起將夕，夜景湛虛明。昭昭天宇濶，皛皛川上平。」如「露凝無游氛，天高風景澈。陵岑聳逸峰，遙瞻皆奇絕。」直可作為陶詩評語。後世以恬淡目陶詩，甚至以王維為善學陶詩，真井蛙之見耳。

余前論作詩，以為當由艱辛以歸於平易。引韓退之「惟陳言之務去，戛戛乎其難哉」之語，以為作詩者勖，此自文字方面言之也。若自精神方面言之，則須用省身克己功夫，將一切猥雜之念，掃除乾淨，然後可由純潔以進於光明。此語不專為作詩而發，然即欲作幾首好詩，亦非從此根本處着手不可。方望溪嘗語何義門曰：「錢牧齋詩，穢惡藏於骨髓。」義門初聞，為之愕然。晚年始有所覺，曰：「望溪之言，良不我欺。」夫以錢牧齋之為人，而能作得好詩，則詩道掃地盡矣。義門晚年，始有所覺，亦由其進德深，故鑑物精也。

第三十五則

手稿見本書頁158

余前論詩，以志事為先。孫佩芬來書，頗以為疑。蓋以為詩之良否，在於技術，不宜羼入理論也。然余守前說彌堅，蓋「詩言志」、「志者心之所之也」、「在心為志，發言為詩」。故即就詩言詩，亦當先志事而後技術，所謂「繪事後素」也，請舉例以明之。陳元孝〈耕田歌〉云「耕田樂，耕田苦。樂哉樂有年，苦哉不可言。春未至，先扶犁。霜華重，土氣肥。春已至，農事始。雞未鳴，耕者起。泥汩汩，水光光。二月稻芽，三月打秧。五月收花，六月垂垂黃，再熟之田始有望。三月打秧，六月薅草，一熟之田，九月始得穫稻。近路畏馬，馬食猶寡。近水畏兵，兵刈何名。上官不待熟不熟，昨日取錢今取穀，西隣典衣東賣犢。黃犢用力且勿苦，屠家明日懸爾股。」何等深切著明。無論何人，讀此詩者，知陳元孝縱非農民，亦必是農民之友。至於與陳元孝、屈翁山同被稱為嶺南三大家之梁佩蘭，其〈耕田歌〉云「三月穀雨春鳩呼，地脈井水占有無，此而不耕田胡為乎？此而不耕田胡為乎？壺中有酒，盤中有魚，水中有蒲，此而不耕田胡為乎？此而不耕田胡為乎？堯舜大聖在上治天下，容我巢許在下安其愚，此而不耕田胡為乎？此而不耕田胡為乎？后羿彎弓射九日，徒使萬世大笑空爾勞，此而不耕田胡為乎？此而不耕田胡為乎？」讀之如見一達官，團頭大臉，翎頂補眼，高坐堂皇，戟其不工作之手指，指胼手胝足之農民而詔之曰：「此而不耕田胡為乎？」令人惡念頓生，直前捽之於地，揭其下裳，褫之三百。夫《六瑩堂》之詩，以技術論，不能謂之遠劣於道援、獨漉。然其價值，曾不得比於爝火之於日月，則志事為之也。

舊詩壞處，在羼雜功名富貴等等穢惡念頭，令人嘔逆。新詩雖無此等污點，然一種支配慾之流露，則亦功名富貴之變相而已。

詩有靜之美與動之美，有積極之美與消極之美，能者兼之。不然，則隨其性之所近，與才力之所至，以各明一義，可也。古人所謂「清詩」，即指消極之美，余以為此乃詩之根本工作。

談金陵與杭州

第三十六則

手稿見本書頁165

陳樹人〈金陵雜感〉絕句五首，作於十六年九月間。所謂此中有人，呼之欲出者，其第四首云「無郎居處憐三妹，好色英雄説故侯。寂寂青溪秋月夜，何人為按細箜篌。」自註「《異苑》云，青溪小姑，蔣侯第三妹也。干寶《搜神記》云，蔣子文嗜酒好色，漢末為秣陵尉，吳封中都侯。」其時禍水未萌，而溫嶠之犀，已無幽不顯，是謂詩史。

陳公博不甚作詩，偶於《寒綠吟草》，見其〈贈陳樹人自金陵回復之杭州〉兩絕句，其第二首云「楚尾吳頭意興闌，不堪描是破河山。金陵荒落西湖軟，憐煞詩人着筆難。」詞旨激越，令人擊節。

金陵之荒落，人為之也。弘光出走，而陪都有黍離之感。太平天國崩壞，而金陵更黯然無色矣。元年，臨時政府，開於南京，惜為時不久。十六年，以南京為首都，宜有蓬蓬勃勃氣象。然大盜竊柄，羣小跳梁。章太炎於北伐將士追悼會中，張一輓聯云「羣盜鼠竊狗偷，死者不瞑目。此地龍蟠虎踞，古人之虛言。」上聯誠然，下聯金陵豈任過哉。太炎之言，誣衊甚矣。

金陵之荒落，人實為之，而西湖之軟，則出於天然，軟不足以為西湖病也。姚姬傳論文章，謂有陽剛之美，有陰柔之美，山水亦然。「仰見突兀撐青空」，此山之得剛之美者也。「江山平遠入新秋」，則山之得柔之美者；「江間波浪兼天湧」，此水之得剛之美者也。「水光瀲灩晴偏好」[1]，則水之得柔之美者。吾人宜展其懷抱，以與天然之美，渾然融洽。剛健篤實，與溫柔敦厚，兼收而並蓄之。且人類心性，以和平為本質，其激烈乃事勢迫之，不得不然。猶之汪汪千頃波，受風而為浪，遇石而成湍，非得已也。有菩薩心腸，乃能有金剛面目。革命黨人，豈果以握拳透爪努目相向為能事哉！

陳樹人〈韶光晚歸〉句云「夕陽紅透萬竿青」，真寫得出韶光勝處。

1「水光瀲灩晴偏好」，《東坡全集》（乾隆御覽四庫全書薈要）作「水光瀲灩晴方好」。

談南社變節者

第三十七則

手稿見本書頁167

邵懿徽來書，感慨於南社諸人，頗有變節。以為低徊懷舊，事可不必。噫！其言過矣。凡團體經若干時代，其分子必不能無新陳代謝，理所固然。中國國民黨且不免，況於黨中之一種文學結社乎？清末革命運動，其關於宣傳者，可分兩大潮流。其一源於吾國古學，所謂「抒懷舊之蓄念，發思古之幽情，光祖宗之玄靈，振大漢之天聲。」此吾國固有之民族思想不假外求者也。其二源於近代文化，蓋自歐洲十八世紀以來，革命思潮，震撼世界，民主政治與社會主義，相緣並起，為吾國所莫能外者也。其在前者，則章太炎實執牛耳。論樸學則繼亭林、梨洲、船山之絕緒，論文學則翁山、元孝之遺也。其在後者，則孫公實提挈之。迨《民報》出世，此兩大潮流乃如江河之奔流入海，蔚為巨浸焉。至於變節諸人，則猶此潮流中之泡沫也。吾於變節諸人中，所最痛惜者，無如劉師培，字申叔，號光漢。幼年即承家學，屏絕帖括，專精經史，旁及周秦諸子，弱冠已卓然成家。其著述見諸《國粹學報》者，綜合可數十萬言。闡發民族革命思想之功，不在太炎下。詩文見於《南社叢刊》者，斐然如蜀錦之絢爛五色。從來經生少華詞，而治史學者往往不明訓詁，申叔乃兼之。及太炎主持《民報》，申叔亦來。太炎舉《民報》關於民主政治、社會主義之部分，悉屬之精衛、漢民諸人，而自與申叔致力於吾國固有民族思想之闡發。其時申叔所為文，署名韋裔。暇則與太炎講論國學，兼治內典。精思創見，每為太炎所折服。太炎年長，遇人頗亢傲。獨於申叔，則虛懷受之。嘗稱申叔為今之孟子、荀卿。推服至矣。然未幾，申叔竟為端方所收買。民國以後，更淪為袁世凱之門下客，馴致列名于籌安會六君子之一，為天下笑。共和既復，閉門思過，抑抑而死。晚節如此，可恨亦復可哀。南社變節諸人，令人心痛者，此君為最。至於吳敬恆等，游蕩不學，欺世盜名，何足算乎？

三十八至四十二則：黃延闓等寄示革命烈士遺作

第三十八則

錄自《中華日報》副刊第250–252、255及259–260期（1933年3月13、14、15、16、21、25、26日）
及《社會日報》（1933月2月23、24、25、26日及3月5、6日）

黃延闓近從民國元年上海自由社出版之《中國革命記》中，錄出趙伯先、吳綬卿、林時塽、林天羽、黃克強諸人遺詩各若干首見示。所賞不已，錄之於左：

趙伯先詩凡七絕四首，「雙擎白眼看天下」一絕前已著錄，餘三首如下。

淮南自古多英傑，山水而今尚有靈。相見塵襟一瀟灑，晚風吹雨太行青。
一腔熱血千行淚，慷慨淋漓為我言。大好頭顱拼一擲，太空追攫國民魂。
臨時握手莫咨嗟[1]，小別千年一剎那。再見卻知何處是，茫茫血海怒翻花。

七律二首

〈登越王臺〉云

七雄兼併真無謂，劉項紛爭祇自殘。獨向天南開版籍[2]，能將文化服夷蠻。公真矍鑠威名古，我尚飄零姓氏慚。今日登樓憑北望[3]，中原雲霧正漫漫。

〈己酉初度寄友〉云

百年已過四分一，事業茫茫未可知。差幸頭顱猶我戴，聊持肝膽與君期。欲存天職寧辭苦，夢想人權亦太癡[4]。再以十年事天下，得歸當臥大江湄。

吳綬卿詩題為〈己酉守歲十首步梧生原韻〉，第二首「十年泛宅復浮家」云云，前已著錄，餘九首如下。

梭擲雙丸任往還，白雲終古自閒閒。一生稊米浮滄海[5]，萬里風雲望故山。醉眼重邀燕市月，蹄痕曾遍漢時關。撫摩髀肉增惆悵，陳跡無端俯仰間。

錦帙牙籤列四圍，讀書日日侍慈闈。春暉愛護爭駒隙，鄉夢瞢騰逐雁歸。五夜聞雞猶起舞，一時屠狗亦雄飛。戎裝笑把宮袍換，聊當娛親萊子衣。

壯年躍馬賦西征，仗劍思吞海底鯨。葱嶺萬重輕舉足，秦關百二慣宵行。霸圖憑弔班都護，飛將長懷李北平。幾輩雄兵談紙上，扶桑日麗說東瀛。

苦將事業望旗常，山上雲偏出岫忙。高視敢誇千里目，憂時徒轉九迴腸。長安觀奕成殘局[6]，列國爭雄啟戰場。滄海無情天地窄，馳驅容易誤年光。

乘軺持節去悠悠，萬里臨邊玉塞秋。肯使龍蛇據山澤，直教狐兔匿林邱。一絲知否牽全局，大錯何堪鑄六州。孤憤滿腔鬱誰語，竟思披髮大荒游。

底事王郎斫地歌，敢將身世怨蹉跎。骨經鍛鍊豐裁峻，眼閱興亡涕淚多[7]。好友乍來棋一著，舊書補讀硯重磨。竭來五夜閒吟慣，數盡殘更躍鼓鼉。

乍辭艱鉅脫鉤魚，宦味蕭閒意自如。官閣梅花春酒灩，天街楊柳曉風疏[8]。若非息壤難彌謗，豈是虞卿始著書。勘破雲枯心止水，小園新闢濬清渠。

風人雅旨託於詩，三復流連有所思。時事是非千古定，纏綿忠愛幾人知。高情寧有飢寒懼，顧影誰憐冰雪姿[9]。寄語窮愁孟東野[10]，象雖毀齒豹存皮。

從來江漢鬱雲雷，士氣而今消歇纔。三顧誰論天下計，九邊未見戰雲開。漢皇前席才難用[11]，騷客離魂招不來。金粟堆前松柏老，人間誰唱得龍媒。

讀兩公詩，神氣宛然。伯先詩以真率勝，綏卿詩則以整鍊勝，均酷肖其生平也。伯先平日使酒尚氣，然實篤於性情。與人交，披肝瀝膽，古所謂凜凜烈丈夫者也。綬卿則智深勇沈，鋒鋭不露。平日與人交，溫溫然、恂恂然，有祭遵雅歌投壺之風。故伯先早為端方所忌，不使有寸柄及一日之安。而綬卿則雖猜忍如良弼，亦傾心待之，為之揄揚，使握重兵，密邇畿輔。辛亥九月，綬卿謀定後動，以為虜巢可碎於一擊下矣。乃為袁世凱所算，賫志以歿。傷哉！傷哉！

林天羽，字飲飛。以辛亥十二月，成仁山西。詩筆清健，黃延闓從《中國革命記》錄出數首於左。

〈山海關〉云

一海復一山，一關峙中間。借問入關者，何時復出關。中原自有主，久借亦應還。

〈舟渡黃海〉云

此遊忽不樂，東去攬扶桑。雲氣兼天墨，河流入海黃。秦船何寂寂，禹跡竟茫茫。水底百靈怪，夜深羅我旁。

〈寓樓見月〉云

登樓當子夜，見月鎖心魂。物我行無滯，人天兩不喧。靜中仙有訣，覺外佛可言。便恐東方白，山迴海水翻。

失題云

吾儕既救國，舍身殉主義。豈惟有生艱，一死亦不易。生固我所欲，死亦安得避。生死了不關，期於事有濟。頗傷我同類，一奮矜血氣。狙擊復暗殺，前仆後者繼。究其所結果，不與自殺異。此輩寧盡誅，徒令喪壯士。我今語同志，幡然大變計。古今英偉人，其妙在任智。宣尼訓好謀，孟子譏疾衣。庶幾捐小勇，可以集大事。

絕句云

白日沒寒林，青天覆秋草。江山寂無人，銜哀向誰道。

1《中華日報》作「臨時握手英咨嗟」，今據《社會日報》及《中國革命記》第六冊（上海自由社，1912）訂為「臨時握手莫咨嗟」。

2《中華日報》作「獨向天南開版藉」、《社會日報》作「獨問天南開版籍」，今據《中國革命記》第六冊（上海自由社，1912）訂為「獨向天南開版籍」。

3《中國革命記》第六冊（上海自由社，1912）作「今日登樓憑北望」；《中華日報》及《社會日報》作「今日登樓憑此望」。

4《中華日報》作「夢想人權亦大癡」，今據《社會日報》及《中國革命記》第六冊（上海自由社，1912）訂為「夢想人權亦太癡」。

5《中華日報》及《社會日報》作「一生梯未浮滄海」，今據《中國革命記》第十八冊（上海自由社，1912）訂為「一生稊米浮滄海」。

6《中華日報》及《社會日報》作「長安觀變成殘局」，今據《中國革命記》第十八冊（上海自由社，1912）訂為「長安觀奕成殘局」。

7《中華日報》作「眼閲興亡彈淚多」，今據《社會日報》及《中國革命記》第十八冊（上海自由社，1912）訂為「眼閲興亡涕淚多」。

8《中華日報》作「天銜楊柳曉風疏」，今據《社會日報》及《中國革命記》第十八冊（上海自由社，1912）訂為「天街楊柳曉風疏」。

9《中華日報》、《社會日報》及《中國革命記》皆缺，今據《吳祿貞集》（皮明庥等編）補。

10《中華日報》作「孟東野」，今據《社會日報》及《中國革命記》第十八冊（上海自由社，1912）訂為「孟東野」。

11《中國革命記》第十八冊（上海自由社，1912）作「漢皇前席才難用」；《中華日報》及《社會日報》作「漢皇前席方難用」。

第三十九則

錄自《古今半月刊》第34期

侯官林時塽，字廣塵，為黃花岡七十二烈士之一。少年英氣，於詩學李太白。他人學太白者，但學其豪放，此所謂皮毛者也，而君則獨得太白之深摯，故往往神似。余記其〈落葉〉一首云「落葉聞歸雁，江聲起暮鴉。秋風千萬戶，不見漢人家。我本傷心者，登臨夕照斜。何堪更啣血，墮作自由花。」格調情韻皆高絕。

廣塵有斷句云「入夜微雲還蔽月，護林殘葉忍辭枝。」下句尤未經人道，仁人志士之用心，固如此也。日本人宮崎寅藏每為此句擊節。三月二十九日事起，舉世震驚。日本報紙記者，知宮崎與中國革命黨人稔，就之詢殉義諸人遺事。宮崎語及君，並以此句寫付之，日本詩人和者相屬。民國十二年冬，胡漢民在廣州因孫科拘押其兄清瑞之利友鄒殿邦，忿爭於大總統孫公之前。孫公頗不直胡氏兄弟，漢民慙且怒，棄之香港。閒居無俚，每日臨池，摹《曹全碑》，且作詩自遣，有句云「既雨微雲仍在野，護林殘葉忍辭枝。」上句殆自比於三宿而後出晝，下句直是偷詩賊。嗚呼！廣塵目不瞑矣。

第四十則

手稿見本書頁155

林時塽詩，余前錄其「落葉聞歸雁」一首及「入夜微雲」一聯，《中國革命記》則得五言六首、七言四首。[1]其〈落葉〉一首與余所記憶者相同，惟「何堪更啣血」則作「何堪更回首」。然余則記憶為「啣血」，且信之甚堅也。其餘諸首移錄于左[2]：

〔〈故國〉三首其一

故國河山遠，秋風鼓角殘。登臨悲歲促，涕淚向人難。路盡天應近，江空月自寒。不辭隨落葉，分散去漫漫。

〈故國〉三首其三

極目中原事，干戈久未安。豺狼充道路，刀俎盡衣冠。大地秦關險，秋風易水寒。雪花歌一曲，聽罷淚漫漫。

〈春望〉

殘雪猶留樹，春聲已滿樓。睡醒鄉夢遠，起視大江流。別後愁多少，羣山簇古邱。獨來數歸雁，到處總悠悠。[3]

〈有贈〉

忍聞春雪霽，朝日一窗紅。病起身還懶，書來事亦空。故人誰矍鑠，末路總蒙童。直欲尋梅去，騎驢過嶺東。

〈初雪書示諸弟〉

昨夜聞雪飛，清閒得自由。抱衾頻得夢，檢藥不知愁。故國歸何得，蒼生總日憂。與君同作客，能飲一杯不。

〈舟中寄同寓諸友〉三首其三

秦始河山百二重，而今無地覓堯封。鄭洪義舉斜陽冷，葛岳奇才碧水空。人事何曾哀樂盡，野花依舊寂寥紅。魚龍殘夜誰能嘯，衹此傷心萬古同。[4]

〈舟中寄同寓諸友〉三首其二

男兒埋没與君何，我亦傷心哭逝波。李杜文章嗟莫及，藺廉肝膽喜相磨。西方有夢歸應急，北斗無聲淚更多。胡虜縱横知未極，天涯且莫向銅駝。[5]

〈無題〉二首

不知何事奏胡笳，落落天涯感物華。蹈海幾曾能辟帝，登樓無處不思家。霜枯野草宜嘶馬，水滿荒塘不見花。莫道九霄獨昏醉，動心端的為情差。

撼地西風萬等悲，翻江狂雨暮來時。疏燈黯淡望城郭，一棹倉皇怨別離。入夜浮雲猶蔽月，未秋寒葉忍辭枝[6]。艱難蓄得新秋淚，來日逢君未可期。〕

「未秋寒葉忍辭枝」，余記憶為「護林殘葉忍辭枝」，以下句「艱難蓄得新秋淚」勘之，則其為「護林」而非「未秋」，明矣。

革命黨人中，天真爛漫不失其赤子之心者，吾得二人焉。一為蘇曼殊，一為林廣塵。惟蘇柔懿，而林則英爽。故曼殊僅能葆其無垢之人格，而廣塵則為革命軍之前鋒矣。廣塵少失怙恃，惟有一伯姊，隨其夫宦於浙。時時以書來問廣塵近狀，且媵以金。廣塵欲作書報之，而難於措詞。蓋謾語則不忍，直言則恐為其夫所覺也。沈思久之，忽援筆作畫三幅：其第一幅，為秋柳婆娑中，爐香茗碗，憑几而坐，憑窗望遠；其第二幅，為手展家書，喜動顏色；其第三幅，則為裙屐出門，持所得金，欣然赴書肆去矣。合此三幅，入郵筒中，不着一字，而情狀宛然。嗟夫！余之身世，略同時壎，亦有一姊，愛之甚摯。自入革命黨以來，初不敢以消息告之。觀廣塵畫，淚奪眶出，幾欲攫之囊中，不令付郵也。廣塵得錢，必買書。嘗一日，買得新書多種，皮面金字，裝潢精好，嘖嘖歎賞。翌日在案頭見之，則盡剝其皮面矣。驚問其故，笑曰：「心惜其裝潢，不忍污之，將廢書不讀矣。不如剝去，無所顧忌也。」其風趣如此。故人黃壤，忽忽便已二十年。每一思及，惟有腹痛。

1 五言六首即〈感懷〉題下四首、〈有贈〉題下兩首，七言四首即〈無題〉下四首，皆錄於《中國革命記》第六冊（上海自由社，1912）。

2 除「落葉聞歸雁」一首按文意不錄，其餘作品次序按《中國革命記》第六冊（上海自由社，1912），部份詩題及內容據徐續《黃花崗》（廣東人民出版社，1985）補訂。為從汪氏手稿，其餘見於徐書之林烈士遺作不錄。

3《黃花崗》未錄〈春望〉，今據林白庚《麗白樓詩話》（開明書店：1946）補詩題。又「睡醒鄉夢遠」句，《麗白樓詩話》作「睡醒鄉夢小」。

4〈舟中寄同寓諸友〉三首其三，《掌故》（第8期）題為〈南歸過台灣感懷〉；「秦始河山百二重，而今無地覓堯封。鄭洪義舉斜陽冷，葛岳奇才碧水空」，《掌故》作「秦楚河山百二重，而今無地覓堯封。孤臣血淚斜陽冷，上國旌旗碧水空。」

5〈舟中寄同寓諸友〉三首其二，用下平五戈韻，《中國革命記》第六冊（上海自由社，1912）所錄尾聯「太息江東豪傑盡，糟糠無復鑄夷齊」用下平八齊，理作出律論。今據徐繼《黃花崗》（廣東人民出版社，1985），訂為「胡虜縱橫知未極，天涯且莫向銅駝」。

6〈無題〉「入夜浮雲猶蔽月，未秋寒葉忍辭枝」句，屈向邦《正續廣東詩話》（龍門書店，1968）作「入夜微雲仍蔽月，護林殘葉忍辭枝」。

第四十一則

錄自《社會日報》（1932年11月28、29、30日）

羅仲霍為黃花崗七十二烈士之一，近從友人處得其遺詩，亟錄如左：

〈夜雨有懷〉

獨有傷心事，常懷不寐憂。怨他長夜雨，碎我別離愁。衾枕同岑寂，香閨睡得否[1]。百年如許爾，霜雪易盈頭。

〈感懷〉

十年浪走天涯路，閱歷多時憂患深。敢說處囊能見未，幾經投爨孰聞音。為懷家國頻揮淚，不了恩仇未稱心。讀罷離騷三五遍，劍光燈影兩沈沈。

〈感懷〉

長鋏興歌一再彈，風潮滿目不堪看。容顏秋柳幾經瘦，氣節冬松盡耐寒。祗有蟲聲伴長夜，都無人語勸加餐。飄蓬本是半生慣，底事徒悲行路難。

〈感懷〉

十年恨不早焚書，閱歷浮名盡子虛。未許豪奴共肝膽，苦無善價賣頭顱。[2]關前戒馬胡塵起，海內風雲大劫初。安得美人具俠骨，香囊寶劍好隨予。

〈戊申重遊南越在美荻同德棧作〉

新亭一掬淚汪汪，哭遍天涯事可傷。四海風雲成浩劫，九宵鴻鵠自翱翔。百年氣燄悲胡虜，萬古精忠痛鄂王。多少奸奴甘賣國，憐予對影弔斜陽。

以上諸篇，情深文明。論其學力，雖不及林廣塵，然自是革命黨人之吐屬。感舊七絕四首，有病其近於情詩者，此腐頭巾之見解，不值一駁。

1《社會日報》作「香閨睡得不」，今據徐繼《黃花崗》（廣東人民出版社，1985）訂為「香閨睡得否」。

2《社會日報》作「未許豪奴其肝膽，苦為善價賣頭顱」，今據徐繼《黃花崗》（廣東人民出版社，1985）訂為「未許豪奴共肝膽，苦無善價賣頭顱」。

第四十二則

手稿見本書頁171

中國革命同盟會中人，事孫公如師，而黃克強則長兄也。孫公幼治英文，習醫學。既致力革命，則更專精政治經濟之學，旁及兵法輿地。惟於文學，則頗不措意。偶為中文書札，取達意而止，不求工也。及民國八年，自屬稿《孫文學說》，始感覺文學之必要。乃選購《史記》、《漢書》、《古文辭類纂》等讀之。每當屬文，格格不能下筆時，必瀏覽古人佳作。未幾，命筆沛然，無阻滯矣。故《孫文學說》，文辭斐然，此固由孫公天縱聰明，亦其力學使然，惟於詩則未嘗作。一日聞精衛與執信論詩久，笑曰：「我有一首詩，天下無人知。有人來問我，連我都唔知。」其風趣如此。克強則不然，以善化秀才出身，旋肄業兩湖書院。致力革命後，留心武事，而於文學，嗜之甚篤，書法蘇、黃。辛亥三月二十九之役，斷右手中指。元年在南京留守府，復為電風扇傷右手食指及無名指。自後作書，惟恃拇指及小指，然筆意轉蒼勁可愛。頃黃延闓從《中國革命記》中抄得克強詩詞各一首。吉光片羽，彌足珍也。錄之于左：

〈弔劉道一〉詩云「英雄無命哭劉郎，慘澹中原俠骨香。我未吞胡恢漢業，君先懸首看吳荒。啾啾赤子天何意，獵獵黃旗日有光。眼底人才思國士，萬方多難立蒼茫。」道一為揆一之弟，然揆一晚節，愧其弟多矣。道一死於丙午萍鄉醴陵之役，此為中國革命同盟會成立後第一次起義也。《孫文學說》有云「當萍醴革命軍與清兵苦戰之時，東京之會員，莫不激昂慷慨，怒髮衝冠，亟思飛渡內地，身臨前敵，與虜拚命，每日到機關部請命投軍者甚眾。稍有緩卻，則多痛苦流淚，以為求死所而不可得，苦莫甚焉。」此實畫出當日情景。萍醴雖敗，而革命黨人前仆後繼者不絕，直至辛亥覆清祚然後已。

調寄〈清平樂〉云「華舸天風吹客去，一段新秋，不誦新詞句。聞道高樓人獨往，感懷定有登臨賦。　昨夜晚涼添幾許，夢枕驚回，猶自思君語。不道珠江行役苦，衹憂博浪椎難鑄。」記中附以本事云「炸殺鳳山之革命少年，賃居小樓一間于廣州城中。克強以八月二十七日赴鄂，過廣州，往晤少年，贈以此詞。」云云。所謂少年，乃李沛基，其時僅十餘歲。既炸鳳山，幸不死，徐徐由屋瓦下。人見其幼小羸弱，以為鄰舍避難小兒，無疑之者，遂得免。民元以後，官費留學美國，得工程師，回國。此一段驚人之事，沛基當時諱莫如深。今事隔二十年，余不妨表而出之矣。記謂克強過廣州往晤少年，不確。克強於辛亥三月二十九日，在廣州兵敗受傷，為人所援，至香港就醫，以後不復能至廣州。沛基於克強將赴鄂時，來港送別，並告以所志。克強拳拳念之，故別後於舟中寄以此詞耳。觀詞語云云，意至明也。

又案，此詞是〈蝶戀花〉，記誤為〈清平樂〉，附正于此。

四十三至四十五則：記楊篤生等志士

第四十三則

手稿見本書頁169

湖南志士好自殺，而自殺尤好沈水。孫公嘗謂此為屈原之遺風，理或然也。自革命運動以來，黨人之沈水自殺者，以陳天華為嚆矢。陳天華，字星台，湖南新化人也。乙巳，與黃克強同謁孫公於東京，論革命。星台操鄉音，孫公不能解，克強為之翻譯。星台慚甚，忽大哭不已，孫公及克強交慰之。蓋其性情哀惻，故有觸即發如此。《民報》既創行，星台為撰述員之一，所撰有〈論中國宜改創民主政體〉及〈中國革命史論〉等篇。旋以日本文部省取締留學生事，不勝感憤，遽赴大森海濱自沈。其遺著惟小説《猛回頭》一種，惜哉！惜哉！繼星台者，為姚宏業，亦湖南人。謀創立中國公學於上海，以收容罷學歸國學生。勞苦悲慨交集，遂蹈黃浦江死。繼宏業者為楊篤生，亦湖南人，初在北京與聞吳樾炸五大臣事。及樾死事，恆悒悒不自聊。旋留學英京，自憾年長，學外國語難，日夜攻苦，困而愈厲，遂得腦疾。其友人章行嚴等勸以休息，不聽，忽赴利物浦蹈海死。行嚴嘗記其事曰「當汪精衛在北京謀炸攝政王，事敗被捕，消息至巴黎、柏林、倫敦，同志皆震動。吳稚暉在巴黎，以精衛小影見寄。余置之案頭，相對欷歔。篤生忽至，直視久之，不泣亦不語，余知其死志決矣。未幾，噩耗果至。」云云。蓋篤生必因精衛事而聯想及於吳樾事，遂忽然不能自制也。篤生嘗與楊度同受業於王壬秋之門，在門弟子中最著名，號二楊。楊度初主滿洲君主立憲，繼且淪為洪憲帝制之人物。篤生地下有知，當唾之不已。篤生在黨人中，名望不如陳天華，而文學過之。所為詩氣骨清峻，雖從湘綺學，而此種氣骨，則湘綺所無，蓋革命黨人之懷抱使然也。其詩稿皆存行嚴處，行嚴嘗發願纂輯而刊行之。一行作吏，此事便已忘卻，有愧柳亞子之於蘇曼殊多矣。

安徽程家檉，字潤生，日本留學生中，提倡革命最早。與張溥泉同時，其不悅學，喜狎日本婦人，亦略同溥泉。受聘為京師大學教授，將去之北京，《民報》同人醵資設酒餞錢之。酒酣，潤生起為留別之辭。忽攘臂言曰：「我在日本多年有一大功，也有一大罪。大功是提倡革命，大罪是好狎日本婦人。」云云，一時滿室為之譁然。續又言曰：「我今去北京，必不虛此行。待我做出來，給各位同志痛快痛快！」詞雖粗暴，而氣則壯厲。及至北京，居久之，無所成就。然民國三年間，袁世凱為大暗殺企圖所威脅，幾喪其魄。雖事敗垂成，而革命黨人精神為之一振。主其事者，潤生也，潤生遂以此殺身成仁。嗚呼！潤生，真可謂不虛此行矣。潤生儀表甚偉，蓄美髯，不嫻文學，而於南社贊助甚力。嘗曰：「你們做文章去，我拿錢出來。」其說話躁率而明瞭，類如此。

第四十四則

手稿見本書頁174

近又承黃延闓君寄示楊篤生遺詩，〈北行雜詩〉之一云「斑騅不逝朔風號，獨上榆關典佩刀。歌哭勞勞渾見慣，亂山荒戍向人高。」〈辛丑歲暮題儷鴻小影〉其一云「行吟自笑五噫狂[1]，偃蹇相偕有孟光。一事如君差不惡，斫頭衛足兩無妨。」其二云「已辦要離共一邱，發春便買入吳舟。香篝酒椀如相憶，黃浦江東碧澥頭。」其三云「篋劍崢嶸欲化龍，酒徒歌哭漫相從。生平不作牛衣泣，應解兒夫意未慵。」〈步華生先生韻〉云「去國意未忍，回轅當此時。津梁疲末路，醒醉動繁思。世事真難說，予心不可移[2]。平生悽惻慣，寧與白鷗期。」讀此數首，如見其人。蓋篤生性情肫摯，哀樂過人，故其流露言表如此。延闓謂「此數首錄自《甲寅》雜誌第一卷第三號。」並謂「同卷第四號有楊篤生手寫遺詩十餘頁，容後寄呈。」尤為感慰。余夙知篤生遺稿，都在章行嚴處。於《甲寅》披露其一部分，當鼎一臠，雖可知味，究以未窺全豹為憾。刊布之責，不能不屬之行嚴，並願行嚴自省近年所為，是否足以對篤生。古人有言「要使死者復生，生者不愧。」行嚴其深念之矣。

延闓又謂「劉師復向來不甚作詩，但其少年時代，在香山追悼馮夏威、陳天華曾作一聯云：

京華車站間，亦大有人，痛寂寂無聞，獨二公享此馨香，曷能瞑目；
支那本部內，允非吾土，嘆哀哀亡國，問我輩具何面目，來賦招魂。

雖當時思想，尚囿于國家主義中，而聯固自佳也」云云。又謂「京華車站間亦大有人，指吳樾炸五大臣事。」蓋其時此案發生未久也。

嗟夫，故人往矣。一謦一欬，猶欲於夢寐中髣髴遇之，況為其精神所注形於文字者乎？

延闓所謂「當時思想尚囿於國家主義中」云云，余不能無言。當時革命黨人思想，不出下列三種範疇。（甲）只知民族主義，不知其他，章太炎、孫少侯，其代表也；（乙）民族主義之外，尚主張民主立憲；（丙）民族民主之外，尚研究社會主義。黨人成分，以甲為多，乙次之，丙則寥寥。戴季陶以輕薄舌頭差等之曰，一民二民三民。然季陶至今，則並半民亦説不上矣。師復在辛亥以前，其思想不越民族民主，民元以後始肆力于社會主義。蓋其宅心平恕，天資英縱，實使之然。然所探討者為無政府主義，非孫公之民生主義也。此不但師復為然，其他亦多類是。惟其黨人有此弱點，故民元以後，易為無政府黨所乘。民十三以後，易為共產黨所乘。今者吾黨與共產黨涇渭已明，而無政府黨則潛伏黨中如故。幸而所謂吳稚暉等，其於無政府主義，不過視為一種清談，資以在社會上，獵清高之名，及在軍閥左右，自抬身價而已。然無政府黨之腐化吾黨，其為害亦已不下於共產黨之惡化。不過國人相習於腐已久，遂恬然安之耳，此當亦師復所不及料也。此本非詩話範圍，特縱筆及之。

1「行吟自笑五噫狂」，《甲寅》（第3期）作「行吟日笑五噫狂」。

2「予心不可移」，《甲寅》（第3期）作「余心不可移」。

第四十五則

手稿見本書頁177

黃延闓以《甲寅》第一卷第四號見示，楊篤生手寫遺詩，赫然在焉。低徊吟誦，萬感交集。移錄于左[1]：

〔〈芬園盪舟 Finsbury Park〉

幽思陵八極，吹墮一坡塘。人語秋煙碧，船迎夕照黃。因波鏡華髮，將夢泝流光。已倦迴天地，乘桴興未忘。（似尚清健，末韻不陳腐否）

〈利赤蒙公園〉

忽向西郊得勝遊，湖山清寂望中收。時時馴鹿來爭座，的的鳴禽與散愁。萬木欺風都入定，一泓過雨欲生秋。未容灰槁妨行樂，更借孤艭試柏浮。（擬續遊並蕩舟泰晤士江中）

〈步入罕林 Hampstead Heath 緣村路西行至郭園 Golders Hill〉

午瞑愁孤寄，行吟趁晚晴。揖人山遠近，逗日樹縱橫。徑曲緣村轉，泉幽入峴明。舊時攜手處，憑眺有餘清。

出市無多路，秋容已自賒。遊人三五隊，幽壑淺深花。藉草梳針葉，（英土多針葉草，較燈芯草小而勁。遊〔　〕[2]及 Richmond[3] 各處，並見此物。詳其形性，當係一種水草，惟英國則往往生於林谷間，在 Richmond 見燈芯草亦生於林間。豈島國土宜，固與大陸有異耶？）緣陂數釣車。（陂塘中有垂釣者，釣具甚精，其製與吾國車釣略同。一少年得魚頗多，詢之，曰 Jack 也。）盡收金粉氣，彈指足煙霞。

獨往愛寥廓，開懷更一邱。名園秋在樹，佳果熟當頭。（郭園有異果，皮色似蘋果，形狀如梨。）鶴意閒相引，嵐光重欲流。未妨衝暮色，駐策且淹留。

覓徑就墟煙，歸途不厭偏。為穿林麓迴，卻繞市街前。髫影村童詫，塵心瀛笛先。祇應嗟信美，無分許行廛。

（四詩興尚自閒適，格律亦似渾成。憾少逸韻，又乏遒響，凡骨自不可醫也。）[4]

侍懷中叔祖往巴拉塔[5]銷夏，得英人格蘭特氏[6]為地主，款接既周，風景尤勝。連日往遊歪得湖源，至不內馬[7]觀瀑[8]，探勝那訶賴嘎湖[9]。吐納煙霞，塵襟消釋，寫呈所得小詩，以為紀念。詞恉淺劣，不足以言詠事也。

〈歪得湖源〉

巨浸淵源一綫纔，靈巖陰洞豁然開。履綦晦昧題名大，知是詞人幾度來。（Burn O'Vat 為兩湖源[10]，細澗微波，僅通一勺。源頭巨石，礫成幽洞。壁上多題名，字大如椀。英人言擺倫[11]嘗來此。）

〈自巴拉特至不內馬山行即事〉

入山雲物特廉纖，雨態晴容一例兼。細馬軟馱煙靄進，萬松飛翠上眉尖。耕煙野兔時窺客，着雨疏花不受泥。曲曲山光鬥明媚，倚天殘雪照晴谿。

〈卡爾列厤爾嘴湖瀑布[12]〉（卡列厤爾嘴瀑布，距不內馬三英里而近。）

浩浩飛湍漱石來，巉巉峭壁劃雲開。危橋斷壑人蹤少，一寸松毛掩綠苔。

〈那訶賴嘎湖〉

荒陂亂石見蕭森，大壑龍蛇若可尋。世外神鷹藏健羽，煙中苹鹿避機心。塗泥粗給邨炊火，列樹偏垂輦道陰。咫尺湖山成予奪，曠懷天地一沈吟。（格蘭得女士言，山中多鹿，是日欲見一頭不可得。女士言鹿善嗅，能於數里中識獵者鎗煙。

英人財產分配不均，富者占山澤連數十里，貧者僅蔽一椽。環那訶賴嘎湖皆貴族麥鏗濟氏[13]產也，財權專屬於一人，而地力復磽瘠。村居者掘泥炭禦冬，生活程度大略可知也。）

〈那訶賴嘎湖弔擺倫〉

亂山回複水無波，寂寂經行感慨多。詞客有靈應拊掌，國人猶唱黑那訶[14]。（再姪守仁敬呈）

改正近作〈那訶賴嘎詩〉並呈新製，乞懷中叔祖大人訓正。（再姪守仁）

〈那訶賴嘎〉

荒荒水石縱幽奇，無賴岡巒濬一陂。窮谷寒湫真畏蝮，飄風靈雨或乘狸。崆峒嶺上煙雲苦，鈷鉧潭邊草樹悲。愁絕黑那訶幾曲，迷陽滿目定何之。

陳倉霸王誰當獵，大壑龍蛇若可尋。天外神鷹藏健羽，煙中苹鹿厭機心。剩將泥炭供炊賤，偏有松枝扈蹕陰。咫尺湖山成感喟，曠觀八表一沈吟。

〈苦盼兄書不得卻寄〉

酒栝桃李何年夜，鐙火江潮萬里身。惆悵東坡黃髮訊，遲回工部短牆春。雲山匝地非吾美，波浪兼天有夢親。早晚連翩赴雙井，慈暉妍麗照垂綸。

〈夢覺〉

駕鵝日夕念東飛，夢裏神州覺後非。悽惻荃蓀餘涕淚，青紅兒女幾甘肥。分明短劍長欃在，太息漁標蘚迹微。萬里白鷗聊可沒，寥天黃鵠詎無歸。〕

以上皆篤生留學英倫時所作，其手跡現在章行嚴處，他作亦然。行嚴僅以此部分映印於《甲寅》雜誌，而闕其餘，此未足以對死友，尤未足以饜讀者之望也。

篤生績學勵行，而不勝哀世之感，竟從屈原之後，一時朋舊，皆痛惜之。南社諸子哭篤生詩甚多，散見南社諸集。篤生歿後，其兄德鄰亦為袁世凱所殺。于右任民國四年〈春感〉詩云「蹈海魂歸尚涕零，義兼師友泣湘靈。阿兄殉國全家燼，老母扶屍不忍聽。」自註云「弔楊守仁篤生，其兄名德鄰，字性恂。」〈民立七哀詩〉第一首云「不遑將母生投海，無以為家死伴兄。地老天荒魂返否，義兼師友哭先生。」自註云「長沙楊守仁篤生」，又云「君母尚在，兄德鄰為袁世凱所殺。」嗚呼！篤生家世，彌足哀矣。

---

1 手稿未錄楊烈士遺作，今據《甲寅》（第4期）楊篤生手稿補。

2 未能從楊篤生手稿中辨別地名，今僅以〔〕標註。

3 即〈利赤蒙公園〉所在地。

4 以上詩作描述的地方位於英格蘭的倫敦；以下詩作描述的地方位於蘇格蘭。

5 巴拉塔，下詩又作巴拉特，即Ballater，乃英女皇伊利沙伯二世駕崩處。

6 格蘭特，下文又作格蘭得，即Grant。

7 Braemar

8 當指 Linn O'Dee

9 Lochnagar

10 兩湖分別為 Loch Kinord 及 Clarack Loch

11 即 Lord Byron

12 Corriemulzie Burn

13 Clan Mackenzie

14 即 Byron 著名蘇格蘭語詩作 Lachin y Gair，英語釋名為 Black Lochnagar。

四十六至五十則：雜論

第四十六則

手稿見本書頁178

在《民報》未出世以前，革命宣傳文字，最有力者，無過章太炎〈駁康有為書〉及鄒容《革命軍》矣。章鄒竟以此下獄，鄒且瘐死獄中。民元以後，張溥泉等始尋得其葬處，坏土未乾，山河已復。嗚呼，威丹亦可瞑矣。黃延闓從《章太炎外紀》抄得威丹遺詩一首，附以太炎詩話，波瀾詭妙，錄之如左：

〔章太炎與鄒威丹，在獄中有倡和詩。章並自敍云 「威丹素知雕刻摹篆，因窺小學，誦《說文》部首皆略上口，而不習為韻語。入獄欲以詩遣悶，余曰：『第為之不工亦無害。』威丹即題〈塗山〉一絕。塗山在蜀，世傳塗山女故國也。其詩曰『蒼崖墮石連雲走，藥叉帶荔修羅吼。辛壬癸甲今何有？且向東門牽黃狗。』余疑威丹不能詩。及讀是絕，奇譎似盧仝、李賀，以為天才。戲作一絕和之云『頭如蓬葆猶遭購，足有旋輪未善馳。天為老夫留後勁，吾家小弟始能詩。』又一絕曰『浙東前輩張玄箸，天蓋遺民召晦公。兵解神仙儒發冢，我來地水火風空。』蓋獄中陵侮備至，自分無出獄望，故為訣詞也。」

章太炎與鄒容因《蘇報》事被逮入獄，各判繫三年。太炎專修無着世親之說，而鄒容日就太炎說經，亦時問佛乘。太炎以《因明入正論》授之曰：「學此可以解三年之憂矣。」且勉之以詩曰「鄒容吾小弟，披髮下瀛洲。快剪刀除辮，乾牛肉作喉。英雄一入獄，天地亦悲秋。臨命須摻手，乾坤祇兩頭。」

而留東某君亦有詩贈二人曰「大魚飛躍浙江潮，雷峯塔震玉泉號。哀吾同胞正酣睡，萬籟微聞鼾聲調。獨有峨嵋一片月，凜凜相照印怒濤。神州男子氣何壯，義如山岳死鴻毛。自投夷獄經百日，兩顆頭顱爭一刀。」足見當日之景仰矣。明年鄒君病少陰，內溺溲膏，醫師不治，遂斃於獄中〕。[1]

以上二則為延闓所錄，余取以實詩話。猶憶丙午之歲，太炎期滿出獄，《民報》同人遣仇式匡往迎之至東京。同人以為威丹少年且瘐死獄中，太炎當剩皮骨矣。及相見，則體甚肥胖，且意態暇豫，皆大喜過望，以為此乃學佛之功。越數日，開歡迎會於錦輝館，歡迎會通告有「道心發越，體益加豐」等語，章行嚴手筆也。數月以後，孫公由歐洲至東京，與太炎把晤歡甚，既而歎曰：「我觀太炎體氣固加於前，然精神廉悍則大不如矣。」以太炎後日之事觀之，孫公真知言也。

1 手稿錄文從缺，今據《章太炎外紀》（北京文史出版社，1918）及《中華日報》、《社會日報》補。又《中華日報》、《社會日報》所載對《章太炎外紀》內容略有補充，以令文理通順，今保留之。惟引詩詞者，則據《章太炎外紀》為準。

第四十七則

錄自《中華日報》副刊第166期（1932年11月21日）及《社會日報》（1933年1月1、2、3、4日）

近承李餤生寄示曼殊七絕一首，乃詩集所未收者，為之歡喜無量，亟錄於下。「芳草天涯人似夢，碧桃花下月如煙。可憐羅帶秋光薄，珍重蕭郎解玉鈿。」情深文咽，的是曼殊妙筆。

久未讀黃晦聞詩，近承黃延闓寄示其近作數首，磅礡尺索，綿邈寸心，為之歡喜無量，亟錄于下。〈十五夜無月〉一首云「夜夜重陰世莫窺[1]，今宵無月始驚奇。浮雲落與人爭渡，漁火明如海有涯。萬象至今仍彷彿，眾山才隱復參差[2]。高樓不待張燈坐，天末波光白上眉。」曩見晦聞有「眾雲能使落陽深」之句，為之擊節，「浮雲落與人爭渡」差可相敵。〈殘月〉一首云「殘月窺窗獨起望，近山樓火澹無光。欲留睡眼看朝日，卻怪晨雞上女桑。天際鳥巢先地白，海邊魚薄有星黃。人生最為初陽樂，不解詩人兀更傷。」〈澳居重溫《毛詩》至〈桑柔〉反復三日有題〉「卒讀〈桑柔〉十六章，廢書三日尚傍徨。驚心事事無今古，貪亂人人有肺腸。吾亦作歌哀不及，國猶靡止去何鄉。始知騷賦追三百，輕舉游仙乃變常[3]。」〈中秋夜與小平綏方、橋川子雍諸人圍飲〉[4]云「對月深知天地恩[5]，物光人意大無垠。因緣哀樂相隨發，慰藉辛勤一少敦。問俗正虞成毀世，舉杯難得共名園。客懷未恝思前歲[6]，不許詩長更覆翻。」以上四首，前二首看似平淡，然寫難狀之景，達不喻之情。深刻幽渺，正是十二分功力。後二首則鞭辟入裏，沈着痛快矣。「對月深知天地恩，物光人意大無垠。」從來詠月詩所未曾道，然卻是至情至理，並非逞險蹈奇，所以難得。

1《中華日報》作「夜夜垂陰世莫窺」，今據《學衡》（第69期）及《社會日報》訂作「夜夜重陰世莫窺」。

2《中華日報》作「眾山才隱後參差」，今據《學衡》（第69期）及《社會日報》訂作「眾山才隱復參差」。

3《中華日報》缺末字，《社會日報》作「輕舉游仙乃變黃」，今據《學衡》（第69期）訂作「輕舉游仙乃變常」。

4《中華日報》作「〈中秋夜（不辨）綏方樹川子雍諸人圍飲〉」，今據《學衡》（第69期）及《社會日報》訂作〈中秋夜與小平綏方、橋川子雍同飲社園作〉。

5《中華日報》缺第二字，今據《學衡》（第69期）及《社會日報》訂作「對月深知天地恩」。

6《學衡》（第69期）作「客懷未恝思前歲」；《中華日報》及《社會日報》作「客懷未恝思前度」。

第四十八則

錄自《中華日報》副刊第167期（1932年11月22日）及《社會日報》（1933年1月15、16日）

「冷雨敲窗風掃葉，未算淒涼，莫便淒涼説[1]。待到風消和雨歇，菰蒲猶復爭秋熱[2]。」此廖仲愷詞句也，讀之令人惘惘。

民國二年，袁世凱刺殺宋教仁於上海車站，東南第二次革命，遂由此爆發。其時柳亞子投詞於《民立報》云「花明柳暗春如許，容易春來，容易春歸去。」迴想辛亥及元年情況，真令人黯然。

民國五年，汪精衛得友人書，述國內時事甚詳，為悵然賦一詞云「雨驟風狂朝復暮，入夜清光，耿耿還如故。抱得月明無可語，念他憔悴風和雨。」[3]含思宛轉，一往情深，令人愛國之念，油然而生。

以上三詞，皆《蝶戀花》。此調以纏綿往復勝，然易成淫濫[4]。非有深意，不可輕作。子產所謂「水懦弱，民狎而玩之，故多死焉。」不可不慎也。

精衛從兄莘伯，工詩、詞、駢體文。以去歲歿，年七十餘矣。執信為其同母姊氏之子，幼而孤，莘伯撫執信及其弟妹如己出。其為人篤於性情，入民國後，雖不出仕，亦不以遺老自居。見精衛此詞，欣然和之曰「明月上天天不暮，指點山河，歷歷還如故。階下亂蛩相對語，更攙落葉聲如雨。」亦可謂眷懷家國，老而彌篤矣。

1《中華日報》作「莫使凄涼説」，據《社會日報》及何香凝《回憶孫中山和廖仲愷》（三聯書店，1987）訂為「莫使凄涼説」。

2《中華日報》及《社會日報》作「菰蒲猶自爭秋熱」，據何香凝《回憶孫中山和廖仲愷》（三聯書店，1987）訂為「菰蒲猶復爭秋熱」。

3 全詞見《汪精衛詩詞彙編》上冊（台北：華漢出版，2024）頁74。

4《中華日報》及《社會日報》作「油濫」，既無此詞亦復無義，按文理訂為「淫濫」。

第四十九則

錄自《社會日報》（1932年11月12、13日）
及《中華日報》副刊第234、235、236期（1933年2月23、24、25日）

古今詠落花詩者，不作傷心語，則作達觀語。傷心語，近於頹喪；達觀語，近於殘忍。頃見精衛飛花詩一首云「疾風吹平林，眾樹失芳菲。古今傷心人[1]，淚眼看花飛。花飛正紛紛，子生已離離。今日青一捻，他日大十圍。一樹能開千萬花，不啻一花化作千萬枝。花亦解此意，飛去不復疑。飄颻隨長風，安擇海角與天涯。今年送春去，明年迎春歸。新花未滿枝，故花已成泥。新花對故人，焉知爾為誰。故人對新花，可喜還可悲。春來春去有定時，花落花開無盡期。人生代謝亦如此，殺身成仁何所辭。」精衛此詩，亦悲亦壯，沈鬱頓挫之致。以平易質直之辭出之，但覺於情於理，無所不盡，末語所謂圖窮而匕首是也。

精衛有雜詩十首，精深沈摯，絕似陳元孝詠懷諸作，余茲以記其末一首如左「去惡如薅草，滋蔓行復萌。掖善如培花，芒芒不見形。平生濟時意，枵落無所成。倚枕忽汍瀾，中夜聞商聲。願我淚為霜，殺草不使生。願我淚為露，滋花使向榮。不然為江河，日夜東南傾。」[2]嗚呼！「由悲哀而生之勇敢，乃最純潔之勇敢」，此之謂矣。

余知精衛近作雜詩八首，曾錄其末一首，以實詩話。餘七首，每索閱，輒以推敲未定為辭，近忽於杜貢石家見之。杜為精衛三十餘年老友，治律師業於廣州。精衛以詩寄之，附以小序曰「余於十九年冬春之交遯地海濱，僦某姓別墅以居，旁多荒地，乃置耰鋤之屬。讀書之暇，從事墾植。偶有吟詠，輒著於篇，不復詮次先後也。」[3]

杜覆書云「讀君之詩，使我感動。須知使我感動非易事也，我幾欲自鞭辟矣。嗚呼。」精衛之詩固佳，杜之覆書亦妙絕也。今全錄八首如左：

其一

海濱非吾土，山椒非吾廬。偶乘讀書暇，於此事犂鋤。相坡蒔花竹，欲使交扶疏。培塿鑿為田，因以治瓜蔬。曾聞斥鹵地，三歲不成畬。土膏未盈畚，石骨已專車。敢云心力勤，可以變荒蕪。筋骨既已疲，魂夢或少舒。朝來視新栽，日照東山隅[4]。多謝杜鵑花，使我衰顏朱。

其二

佳種不易致，移自遠山隈[5]。珍重萌蘖生，一日看十回。小筧引新泉，泠泠滿尊罍[6]。天寒雨澤少，何以報瓊瑰。悠然空谷間[7]，蝴蝶忽飛來。舊草為君青，新花為君開。

其三

韓公好悲春，宋子好悲秋。區區不忍心，人乃謂何求[8]。世情惡真率，巧笑飾煩憂。大度惟蒼旻，可以縱怨尤[9]。由來于田人[10]，號泣不可收。於氣則至剛，於情則至柔。春秋有佳日，欲與共綢繆[11]。

其四

朝來霧氣重，天半山盡失。初陽雞子紅，破白乃無力。披蓑行林間[12]，雨自蓑針滴。縮項入笠簷，苔滑礙行屐。草根泥漸解[13]，萍際水微活。荷鋤此其時，沾衣詎云惜。梅花顧我笑，數枝正紅濕。[14]遙知新霽後，青動萬山色。

其五

青松受嚴風，兀兀不肯馴。不如靡靡草，暫屈還復伸。強項性使然，骨折何足論。我行松林下，風落不拾巾。不辭眾草笑，只畏青松嗔。

其六

海堧多悲風，草木不易蕃。曠土終可惜，結構成小園。種菜與鋤瓜[15]，閉門學隱淪。古人或有然，此意匪我存。目欲去荒穢，手欲除莿榛。孰云筋力衰，猶足任斧斤。有蘭生前庭，有菊榮東軒。有豆種南山，有桑植高原。[16]桃李以為華，松柏以為根。秋風不能仇，春風不能恩。豁然披我襟，海天蕩無垠。

其七

我聞古人言，脩竹比君子。見賢思與齊，上達終不已。嶺南有木棉，兀奡亦可嘉。每當伍凡卉，輒欲出頭地。黃老實中怯，不殆因知止。坐令習陰懦[17]，伈伈無生氣。吾生良有涯，斯道乃無涘。慨然念征邁，養勇在知恥。

其八

去惡如薅草，滋蔓行復萌。掖善如培花[18]，芒芒不見形。平生濟時意，枵落無所成。倚枕忽汍瀾[19]，中夜聞商聲。願我淚為霜，殺草不使生。願我淚為露，滋花使向榮。不然為江河，日夜東南傾。

1《社會日報》作「古之傷心人」，今據《汪精衛詩詞彙編》上冊（台北：華漢出版，2024）訂為「古今傷心人」。

2《社會日報》作「倚枕忽汛瀾」、「流花使向榮」，今據《汪精衛詩詞彙編》上冊（台北：華漢出版，2024）訂為「倚枕忽汍瀾」、「滋花使向榮」。

3 1930年汪精衛在香港作〈雜詩〉八首，其時國民黨黨內紛爭愈發嚴重，中央黨部擴大會議正在醞釀之中，載《汪精衛詩詞彙編》上冊（台北：華漢出版，2024）頁83–84。

4《中華日報》作「月照東山隅」，與前句「朝來」不符，今據《汪精衛詩詞彙編》上冊（台北：華漢出版，2024）訂為「日照東山隅」。

5《中華日報》作「移自南山隈」，今據《汪精衛詩詞彙編》上冊（台北：華漢出版，2024）訂為「移自遠山隈」。

6《中華日報》作「冷冷滿尊罍」，今據《汪精衛詩詞彙編》上冊（台北：華漢出版，2024）訂為「泠泠滿尊罍」。

7《中華日報》作「徘徊空谷間」，今據《汪精衛詩詞彙編》上冊（台北：華漢出版，2024）訂為「悠然空谷間」。

8《中華日報》作「人乃為何求」，今據《汪精衛詩詞彙編》上冊（台北：華漢出版，2024）訂為「人乃謂何求」。

9《中華日報》作「庶可縱怨尤」，今據《汪精衛詩詞彙編》上冊（台北：華漢出版，2024）訂為「可以縱怨尤」。

10《中華日報》作「所以于田人」，今據《汪精衛詩詞彙編》上冊（台北：華漢出版，2024）訂為「由來于田人」。

11《中華日報》作「可以共綢繆」，今據《汪精衛詩詞彙編》上冊（台北：華漢出版，2024）訂為「欲與共綢繆」。

12《中華日報》作「被蓑行林間」，今據《汪精衛詩詞彙編》上冊（台北：華漢出版，2024）訂為「披蓑行林間」。

13《中華日報》作「草間泥漸解」，今據《汪精衛詩詞彙編》上冊（台北：華漢出版，2024）訂為「草根泥漸解」。

14《中華日報》缺「梅花顧我笑，數枝正紅濕」句，今據《汪精衛詩詞彙編》上冊（台北：華漢出版，2024）補。

15《中華日報》作「種菜與耘瓜」，今據《汪精衛詩詞彙編》上冊（台北：華漢出版，2024）訂為「種菜與鋤瓜」。

16《中華日報》先置「有豆種南山，有桑植高原」二句，今據《汪精衛詩詞彙編》上冊（台北：華漢出版，2024）先置「有蘭生前庭，有菊榮東軒」二句。

17《中華日報》作「坐令習巽儒」，今據《汪精衛詩詞彙編》上冊（台北：華漢出版，2024）訂為「坐令習陰儒」。

18《中華日報》作「殖善如培花」，今據《汪精衛詩詞彙編》上冊（台北：華漢出版，2024）訂為「掖善如培花」。

19《中華日報》作「倚枕忽汎瀾」，今據《汪精衛詩詞彙編》上冊（台北：華漢出版，2024）訂為「倚枕忽汍瀾」。

第五十則

錄自《中華日報》副刊第244期（1933年3月6日）

何克夫為人，短小精悍。三月二十九日之役，與諸同志進攻督署，至驍勇。軍既敗，克夫入窮巷，偽為如廁，久之徐徐出，竟得免。民國以後，頗佯狂玩世，余亦久不與相聞問矣。近日上海傳其壽胡漢民五十生日詩，有云「劇秦妙論方無敵，興漢雄心志不如。」又云「三黜不妨柳下惠，一匡還見管夷吾。」見者無不絕倒，真可謂繪影繪聲，惟妙惟肖也。

五十一至五十三則：太原見聞

第五十一則

錄自《社會日報》（1932年10月21日）

吳祿貞死事石家莊，余於詩話中曾述及之。去歲八月四日，汪精衛與閻錫山曾會於石家莊，行館距吳墓僅數武，遂與曾仲鳴等數人步往憑弔。墓為閻所修，頗堅整，樹成林矣。精衛曾作一絕句，歸北京後，寫以示余，讀之淒然。十月杪，精衛過雁門關，復有一絕句云「殘烽廢壘對茫茫，寒草黃時鬢亦蒼。賸欲一杯酬李牧，雁門關外度重陽。」有謂精衛見太原諸將之闒冗，故感慨於時無李牧者。余知其不然，此仍為懷念綬卿之作耳。綬卿死事於九月十七日（注：此為農曆），精衛過雁門關時適為舊歷重陽節日，故云然也。

第五十二則

錄自《社會日報》（1932年10月22、23日）

「松奇梅古竹瀟灑，經酒陳詩廖哭聲[1]」，于右任詩句也。去歲十月，經、陳皆在太原，寓傅公祠中。祠在太原城內，花木幽深，有樓數椽。樓上闢為約法起草委員會會議處，樓下為諸中央委員下榻之所。汪精衛等知太原不能久居，惟欲利用此無多之光陰，以完成約法草案，遂窮日夜之力以為之。每日晨九時開會，午稍進食，晚七時始罷。會議時間，已占八小時，其箇人涉獵編纂之時間，尚不與焉。經、陳亦無一次缺席，教育一章，經所建議為獨多。晚飯以後，經必小酌。太原城內，不易得紹興酒，有仿製者，味殊劣，名之為「本地紹酒」，此可為一笑也。陳嘗因飲酒得足疾，至是戒酒，惟哦詩故習，依然未改。所缺者廖哭聲耳。陳於畫花木鳥獸，皆當行名家，不獨松竹梅而已；經雖非專門，然筆意高古，自是讀書人胎息。其畫水仙，尤有逸趣。星期日例假，諸人則出城作晉祠之遊。晉祠有株周數柏，柯幹堅如鐵石、葉濃綠作翡翠色。中一株，狀最奇，柯幹盡偃於地，如老人眠石上，而根旁別起一枝，扶疏接天。經、陳各作寫生橫幅，每日會議散後，經必謂與會諸人曰「此時能從我飲本地紹酒及為老伯橫幅作題詞乎？」於是諸人題詠殆徧，獨閻百川搖頭曰「我不會這些」。馮煥章亦為題一絕句，其詞質直，且不叶平仄也。

---

1 句中經為經亨頤，陳為陳樹人，廖為廖仲愷。

第五十三則

錄自《社會日報》（1932年12月1日）

陳樹人《寒綠吟草》，多唱隨之樂，有謔之為「閨人先生」者，以詩題中多「閨人」字樣也。樹人一笑置之，此殆猶《儒林外史》中之杜少卿[1]歟。附錄於此，以博閱者一粲。

1《社會日報》誤植為「林少卿」。

南社詩話手稿

手稿則目數字為後人所加，為存真計，
手稿按其本來面貌排序，與謄錄次序編排不同。

曼昭啟事

南社諸同志共鑒：曼昭自撰有南社詩話之作，非敢獨任，聊以發起，以待惠寄資料或於所纂輯，加以糾正，豈惟一人之幸也，通訊住址暫寄由香港南華日報轉，伏祈鑒察為幸。曼昭謹啟

1

南社詩話

曼昭

南社為革命結社之一，興於清末，以迄於今，已有
三十年之歷史，其所揭櫫，為文章氣節，其實
所謂文章，革命黨人之文章，所謂氣節，
革命黨人之氣節，特在清末，於內地不得不
隱約言之耳，故革命黨人之好文學者，多
列籍其中，其所為文辭，先後見於南社
叢刊，搜羅甚備，人無間然，惟詩話之作，
則尚闕然無聞，曼昭自揣，欲從事於此，
每有所得，輒著於篇，不分先後，並排比
整理，俟之異日也，

2

曼殊上人所為詩文辭，精妙絕倫，固最後出
篇寥寥，益見珍貴，最近柳亞子所編曼殊全集
都五大冊，付上海北新書局印行，於民國十七年四月一日初版，搜羅完備，考訂
精詳，嗟夫，亞子可謂不負故人矣，余於茲僅錄
曼殊生平一二軼事，以供談助，
曼殊性嗜糖果，亞子所為傳已道及，曼殊工繪事，
而懶於作，朋輩固請，恒不能得，偶或三五落
談讌，糖餌滿前，則酣飲之餘，欣然命筆，頃
刻數紙，朋輩爭先攫去，不校也，有某君知其然，
嘅曼殊之故設佳餌以待，曼殊引手取啖，則故拈
之，請先下筆，然後與食，在座者皆笑為不平而曼殊不以為忤，援筆
使為作一橫幅，寫疏柳數行，殘月一輪，神味淡遠，
由此所謂秋柳庵曉風殘月者，即為此幅也，某君

滿擱糖餅以進，曼殊飽噉後，忽引筆於月輪中畧作數描，則頓成為制錢形，廓圓而孔方，孔中且貫以小繩一串，在座者譁然，某鴇且以曼殊窘筆一笑而去，嗚呼，絕世風流，誠所謂勝打勝罵十倍者，朱執信聞而狂笑曰，此可抵一部馬克思資本論矣，

4

二

南社詩話

曼昭

近見胡適之人權論集有「新文化運動與國民黨」一篇，攻擊國民黨係中國本來是一個由[illegible]從[illegible]成的[illegible]全世界」之說，其言不惟淺薄，直是糊塗。適之詩間攻擊，直使讀者無究詰，無人理不可以其言係辨駁，惟適之因此指摘國民黨為排滿復古運動，對於國學保存會、國粹學報、神州國光社、南社等均致不滿，無數南社同志，見面於[illegible]，以為無懵其然，蓋適之乃民國以後之人物，並未參加民國以前之革命運動，對於民國以前之革命運動，其艱難險阻之經過，絕無所知，宜其漠然不關痛癢，須知中國自甲午敗於日本，人心士氣已日即於頹喪，以後益廢然無知所屆，若不若揭國光以振起民族自覺，恢復其自信力，則必日即於沈淪，故整理國故，實與新文化運動同時並行，蓋固當時之人所共以目為之之所趨，而先者使一己之國為獨立的國家的人、

5

乙

當樹國係，始能對於人而行收吸作用也，今國民族革命運動時代，莫不由此道，國粹運動之所以且為先驅者，即以整理國故論，國粹學報、南社之所成就，較之諸老輩許國樓等對於許傳加以新式標點，不啻倍蓰過之，蓋一掃從來屈於[illegible]之風氣，而表現剛健獨立之精神，實為民族革命時代一般文學家[illegible]段力所在也，

劉師復於戊申謀炸李準於廣州，誤炸，[illegible]且被繫於香山縣獄，革命[illegible]，始獲出獄，[illegible]傷無政府主義以至於死，師復為人動氣內歛，不甚為詩詞，余嘗與同舍，聞其高吟「憑空望遠，見寒鴉[illegible]在白雲深處，思歸歸未得，有負殷勤杜宇，故國傷心，新亭淚眼，

6

更瀟瀟雨，長江萬里，難得此恨流去，　遙想江山依然，鳥啼花謝，今日誰為主，燕子歸來，雕梁何處，春事呢喃語，說若金陵十萬戶，盡從血淚漂杵，撼空劍氣，要當一洗殘腐，激昂慷慨，向女兒傾訴不盡，何人所作，卻非仙書，亦不為書，此一个向蒼蒼，至今當未打破也，

此等文字，確為當時一般革命黨人之偉大產品，若以遠之觀之，則自然不能保存舊律作品之精神，純說倚聲諸矣，

7

三 南社詩話　曼昭

余前述劉申叔復姚鵷雛「憑高望遠」詞，未知為何人所作，
近承黃晦聞來書，說明此詞見國
粹學報第二十二期撰錄門中，並承鈔以見示，感
荷無既，錄之於左，

「辛巳泣蘄錄題詞」
念奴嬌　蘄州鄉貢進士州學錄王澗避地潯江
書于秋亭

原詞見前

按宋自金人南下，長驅直進，至一州則一州破，至一縣則
一縣殘，自足所蹤，中原為墟，寥寥識之，能以孤城當
強虜，攖鋒二十五日，與城同亡，其孤忠偉烈，豈非大漢
之光哉。辛巳泣蘄錄一書久佚，今從述古堂寫本

8

重刊，以表揚幽光。讓曾侍郎跋（另有曾侍郎手
泣蘄錄跋一篇亦同載未抄）與王學錄題詞，益
未知淨之何遠矣。記前識（校

余按（校）鄧實秋枚，為國粹學報撰述人之一，當清末
雍乾三朝以全力消滅吾民族思想，於是以君臣之義
滅夷夏之防，舜東夷之人，文王西夷之人，遂為一
般學子所樂道，而凡未燬之書者，必為秀才[illegible]
人之學術，乃悟此是復索恥之急，國粹學報
諸人起而搗之，首從舊坊紙堆中檢出吾民族思
想，使讀書識字者恢復其民族的自覺與自
信力，此不僅為倒滿計，直為中國的民族爭存計，奴
才歎云：「大清入關三百年，我的奴才做慣了，」

9

3

彼說大漢大清大日本，換个國號依傍他人、

汪精衛集中有云：「庚子聯軍入京，居民競以

某國順民等字榜於門。」此等意識、

揚州十日嘉定屠城諸記，大清順民

民榜於門者，求免死，則知此順民

一朝一夕之故，由來遠矣。然不必外國順民

請自己為大清順民始。此等奴隸不但意甸

於滿洲中國民族一日不能

則此等寄傍依次一日不可已。嗚呼此恐將

傍依奴化自命胡適之諸人所能了解也

識過吾國民族思想者當要追也 民主民生思

10

4

熱所陶冶而超越其意識乃超越章太炎好多矣

一步，然此乃取長補短所宜爾，並非謂民族思

想意可唾棄而難以為過時之物也，

其延闓文為余訂正，高劍公乃江蘇金山人非崑山人，

將此更正並志謝，

清末溫生才之刺孚琦，陳敬岳之刺李準，李沛基

之刺鳳山，皆所謂以匹夫而攜白刃於千乘者、

而汪精衛之刺載灃，鍾明光之刺龍濟光、

閩寄示鍾明光事前自輓詩二首，其一云

「皇城劍氣沖海珠空，忍看重雲飽毒龍，我

使要禪制將去，不辭蹀躡血腥紅。」其二云：其

花其碑不須疑，腸斷秋聲事可知，寄語陽離

11

5

同調者碎琴遺集悲鍾期，志事皎然與日月爭光、

手書[illegible]至此既沖然對鍾明光烈士生其敬慕之對

於黃晦聞君之激勵[illegible]綴辭，以為[illegible]感念黃君者

近代詩人自黃公度先生之孫，碩則為之，若者以繼其

祖武也，

南社詩話

曼昭

朱執信集，所收執信詩，僅二十二首，然嘗臠一鼎，可以知味，大抵江西宋派之詩，最忌浮滑淺易，執信以瓣香山谷為未足，益以昌黎之雄悍，東野之洗鍊，而出而諧於漢魏之深淳，觀於讀漢書及登阿蘇火山絕頂諸作，黃和無言之非過譽，至其近體如和精衛弟民及寄陳生諸作，則所謂饒寸心者，凡堅於志者必深於情，於此益信，

執信詩於用古典於此毀譽參半，蓋與衍與晦澀往往相緣也，楊李彝謂執信晚年思改作白話詩，蓋由於此，亦未為無見，

12

民元年，行嚴在上海民立日報載執信古詩兩首，一為代女決絕詞，一為代李益，己酉之冬，精衛將入北京時，執信手書於箋，以為訣別者，精衛懷之入京，既被執，此箋亦遺抄沒，民元大總統孫公既解職，由南京乘聯鯨艦赴湘江流以至武昌，精衛諸人均從，行嚴以報館記者資格亦筆其間，精衛日接此詩而行嚴筆錄之，以寄於民立日報，距今十九年矣，偶檢朱執信集，未載此詩，幸余敝篋中，尚存當日報紙一頁，亟錄之於左，

代女決絕詞，

決絕復決絕，蕭艾蔓之生，不如蕙蘭折，白露冷冷群丹盡，猶能奉傍倚風注，中夜出門去，三步兩徘徊，言念同心人，中情自崩摧，我心固匪石，萬言不言空兩為，月光皎皎，缺復圓，星

13

14

光睒睒繁復稀，月光星光兩濛濛，照明者明雞鳴時。英雄以上怒、幽蘭窗下深，所寶在素心，不向秋風弄彩色，水流還朝宗，葉落還肥根，來年春三月，依舊為木繁，人生在世亦如此，此身何惜秋前萎，

代答

蒲椰望秋雲，沸萑守絕干，所貴特達人，貞心盟歲寒，齊鳥三年不飛，飛沖天，所爭詎在須臾間，我有鐃歌，欲奏先汍瀾，歌中何所言，意氣傾郎山，丈夫各有千秋志，毋為區區兒女顏，相期璧金石，誓滌廣垢諸人寰，何意中道去，一往不復還，此情誰為言，心權力已殫，不惜

15

此身苦，恐令心期負，含辛進此歌，願君一回顧，

史記秝荊軻入秦，知其事者皆白衣冠送之，酒數行，為之歌曰，「風蕭蕭兮易水寒，壯士一去兮不復還，」此詩數行下，執信此詩，嗚咽淒涼，誠不減易水之歌矣，易水之歌，祗感慨於壯士一去之不復還，而執信此詩，則輾轉低徊，念來日之大難，惜人才之難得，其深情苦語，尤一往無際，愈折愈深，宜精衛之諷誦久而終不忘也，昔日本大將兒玉源太郎卒，元帥山縣有朋以和歌哭之曰，「七十之老翁，上九折之坂，半路而

16

5

失其杖矣」，其音調絕哀，此皆不私而盡其情，識哉」毋為區區兒女顏也」，

舉此余所知，當時惜精衛之赴死者，無不止執信一人，試檢汪精衛集胡漢民於精衛北京被執之後，致袁世凱己酉三月十九日與漢民書，同年十一月十五日絕筆書，及與南洋同志書共三通，而跋其後云：「按吾友此事蓄為已久，與吾與孫中山君，及一二同志，屢沮其行，其書皆謂吾友為木鐸，不適為血鐘也，吾友所宗，眼之無揭日月而行，譬之炊飯，以己為薪，當君居其已當為釜者，故終不能回吾友之意」云云，其所謂一二同志者，執信必居其一，驗之此詩，可以無疑，然吾意在南京探識通緝汪精衛必欲死之以為快者，

17

6

乃適為胡漢民，此則不能不令人嘆惜者矣，

精衛獄中秋夜詩云：「落葉空庭夜籟微，故人夢裏兩依依，風蕭易水今猶昨，魂度楓林是也非，入地相逢雖不愧，擘山無路欲何歸，記從共灑新亭淚，忍使啼痕又滿衣」，所謂風蕭易水今猶昨者，詩毋即指執信此詩耶，然以情理度之，當時依依夢裏者，或不止執信一人也，執信於九年九月二十一日在虎門殉難，粵軍既收復廣州，葬執信於沙河，與黃花岡甚近，十年三月二十九日，精衛在黃花岡七十二烈士墓上作詩云：「飛鳥啼殘歲月徂，沸空鐃吹雜悲呼，九原面目真如見，百劫山河總不殊，樹木十年前輩少，斷蓬萬

7

里徑未疏，讀碑墮淚人間事，新鬼為隣影未孤，自注墓近執信墳，故末句云然。時于右任歸自三原，於敝紙上見此詩，萬里郵路一車棧，索稿斷書丨，將於齋壁，

19

五、南社詩話

姜昭

風洞山傳奇為瞿忠宣式耜而作，而寄民族之義也。南社詩人多有題詞，廣山黃人摩西為之，同時流輩莫能及者，調寄洞仙歌云：「神州沈矣，向大荒去，[illegible]煤山嬿今古，剩青山一片，收拾英魂，再死傳江左梅花閣部，痛江風浪惡，恨怒紅衫，未丟春之秋墨，破碎舊山河，青衫紅淚，後付鳥[illegible]氣數，正此際重看劫灰然，有壯士援鋤，義人持戟，沈膏痛快，迴腸蕩氣，令人激昂，不能自己。」

胡樸安為南社舊選，每屆必與，撰以一傳，[illegible]也。其傳寓調元太一云：「民國前一年遇武昌之難而死，文人多厄，痛哉。」嗚呼，樸安失辭矣。太一革命黨人也，其所為詩皆革命黨人之文字也。革命黨人為革命而死，分也，太一之文字[illegible]

20

[illegible]者太一因文人遇革命而死，以革命[illegible]而其文與其人不相同矣，何厄之有？樸安此言知太一為文人，而不知其為革命黨人，[illegible]之一枝一節，遂以文人多厄為太一痛，此可謂不知太一[illegible]矣。太一之死，非遇武昌之難而死也，民國以前太一已盡瘁於革命，民國元年袁世凱既形其具，太一奉黃克強命謀於湘鄂，起兵討之，事敗，為賊所獲，義不屈，遂死於獄，謂之赴死可矣，[illegible]遇難，何其甚耶！他傳亦多類此，[illegible]為憾。太一以癸丑六月入獄，至九月絕命，獄中所為詩凡二十五首，儼明君深。太一詩文才氣本奔放，至是益激昂矣。今日誦讀一過，睥睨尤光[illegible]

21

劉淒涼，張蒼水臨命時，歎曰「好山色」，嗚呼[illegible]
命當人之胸襟[illegible]革命[illegible]詩人之胸襟[illegible]水長水青嗚呼
汪精衛獄中覺新綠曰：[illegible]云云，「初日枝頭露尚
溼，春光如酒正醲，綠水青山知何似，熟絕風前
鄭所南，」昔鄭所南有詩云：「滿眼青山綠水所
[illegible]故精衛由[illegible]新綠而想及[illegible]
南何以為情哉，由獄中之新綠而想及山也，嗟夫
山水純全人之宴，純全人之樂，純全人於此寄其國家
民族之戀慕，純全人於此陶激其不濡滯於物
之心情，乃至於臨命之時，亦不忘情於一瞬，
山水正是人，人亦不忘山水矣，

22

六、南社詩話

曼昭

南社詩人詠雁者多矣，陳巢南云：「傳聞渠亦能歸飛，御風志車速勝有旅鴻心一片渡江中夜逐驚飛。」其為詠雁絕唱，孔席不暖，墨突不黔，此物此志也。

與南社關係最深者為柳亞子，觀其詩文敘述南社諸子事跡，如南太一、陳勒生、周實丹、阮夢桃等傳，為獨南社之鴻文，亦中華民國之重要史料也。其哭錫九詩有小序云：君諱振黃，江蘇阜寧人，辛亥山陽周阮之獄，將令姚榮澤跳走南通，南通有大猾張詧，君聞之，展轉江淮，子雨來上海，欲寬於陳其士，然終不得平反，烏得與聞此事，起謀革義，江北張詧復謀於通，歎書來招君馳往，伏兆革十八人與俠至則解戰之傷之，黨之數行而張季直革之狗蕺食人，情狀如繪。嵩山四友之詩名識此係

23

之然今昔，蔣山田陵看羸俊，白青年血肉膏牙吻，南通張季直先師為擁護共和，其能絕其祀者，亞子於南社諸人為革命死者，以文紀之，以詩哭之，絕哭盡其哀。其哭英士云：「十年義膽關青史，一夕風雷怒白門。」哭楊伯謙同學云：「一別蹉跎成永訣，半生涕淚感斯文。」哭勇忱云：「十年剩得皮骨，一夕死風波。」嗚咽！「栖栖桑海無多淚，落落乾坤剩我頭。」何其沈痛也。清季革命以來，忽忽便已二十餘年，中夜不寐，念生平良友死亡殆盡，存者無幾，又大半變節，亞子為死者哭，猶有為生者變節者哭之痛也。前絕之高劍公，亦變節之一人，民二當選國會議員，民十二曹錕賄選作豬仔矣。亞子痛哭與

24

書與之絕交，高旭書尚謂士各有志也，偶於南
社叢選見女士所著陳夕感賦云：「老大傷懷抱
為誰，不聞談詠到蛾眉，萬千壯志歸淘浪，三十封
侯已過期。」又云：「時論飯罷談之胸次作惡，不
止一切時勢待手腕，真可惡也。」其時
猶形似其何待民十年，擬見女於民元之際，眼狂
旁人為心身世，據踠擬虎，猶形已具，何待民十二
於泰然登俎耶，則樸安備選此詩
詩亦可謂憯痛者，

周實丹死事，孤子所為傳已詳之，余讀其遺詩
有云：「日暮歸來淚滿襟，絲期去後判推琴，寒花
寥落無生氣，夏木遙森有死心，遺恨千年牽庭
柱，招魂三月楚江潯，長纓枉說攜南越，年少
終軍不可尋。」第五句指擬刺殺改泉事不成
也，第六句指楊篤生蹈海而死也，周實丹與汪楊之

25

4

人未謀面，然氣類所感，未嘗不識其為何如人也。
而抒陽也，七八兩句則以聶修壹人，志在得應
州以為第節根據，故之然，又曰：「直將田狗視人群，每
恨虎除山暮雲，壯志未酬填海鳥，獻心擬作負山
蟻。亂煙破島田樓寒，夜月照殘戰骨猿鶴沙
蟲同一慨嘆之，七十二烈士墳。」中黃花岡七十二烈士墳
淋漓感慨，數月以後，實丹亦遂被戮，又
人，孤子詩人，而南社詩詩遂
為血淚矣。

前後黃摩西詞有「壯士樓鋤美人粉妝」，自注：「前年
虞雨迷亂，女將黃九壯等其勇摯」之云，李蘿村見
之笑曰：「君欲知美人黃九壯之壯耶？余固曾見之，
戴竹纖笠，著葛衣布衫，穿躡草鞋，雨夜侵黃
嶺，唇騎馬，眼同之有光棱，腰插雙槍，手持而走

26

廿

賦雌蒼謠打肩，囊彈打腰，殊不止手執棕皮笠、

羅村女言女盤風案因（令）第人讀作然亦無害也，

豈个个英雄皆豈豹頭環眼虎鬚者耶、抑

獨於美人為然，

自革命軍起以來，女為士從軍者，皆為制陸軍

服如男子，以軍視之，不及黃九牡本色多矣，

棕之美人，當之無愧，

27

南社詩話

兆銘

民族之義，思想於明末為大盛，治經學者以顧亭林、黃梨洲、王船山三先生為之魁，治文學者亦然，若嶺南之屈翁山、陳元孝，亦其表表者也。自康熙、雍正間，開博學鴻詞科後，一時學士文人，其高尚其志者，戢戢然如豚入笠，所謂西山薇蕨之精光，「一陣夷齊下首陽」者，雖以樸學或文學為餘於時，然文彩雖存，本實已撥，其倚伏不過如鄰漆烏桶空，雍乾以後，陸續微茫，直至南社崛興，始能擇而光大之，故南社之文，在中國歷史上頗有相當之位置。至論胡適之輩如何巧詆毀張，不能攻其意未也。

僕本惡人生平常談，然無讓屈翁山、陳元孝之詩，

28

輒憶其悲壯自刎，初以為鄉土關係，所感易深，則其再讀洪北江詩，其根蒂翁山甚至，獨得其人雄直之氣，嶺南詩筆勝江南，始知其懷向自有在論也。

雄直與粗獷有別，亦正如蘊藉與委靡有別。欲求蘊藉而反得委靡者，其所作讀之，如聞蒼蠅之嗡嗡然；今人欲求雄直而反得粗獷者，其所作如牛鳴，令人發笑。南社詩人田桐，字梓琴，嘗一日謂余曰：「田單火牛之計今尚可用，然以水牛為宜，其力甚大也。」余曰：「然，田單火牛，今有田桐水牛矣。」一時在座者，皆為之絕倒。田桐嘗有詩曰：「……有大哭一聲黃帝兒孫如此傷無極……」，吾曰：「此真水牛將軍吼也。」此雄直與粗獷之別也。

委靡之詞，故舉古者，如自敘其中及字蹤。

29

詩之最醜不可耐者,如妄想封侯及自憐衰晚等語,古代詩人雖以為常,恬不為怪,南社諸子,亦所不免,四川詩人雷鐵崖,元年在臨時大總統府秘書處,以事忤胡漢民,去,於詩中大罵之,孫先留之不得,及其作詩四十年,年年常夢卅日秘書官,余見之殊為作嘔,何必作此語,此真可謂原自誣蔑矣,余嘗欲作古今詩選,其選擇標準以志事為先,凡一切衰颯中落醜陋等醜辭媸語悉汰,為中國詩界洗此污點,自謂較王漁洋

30

之標神韻、沈歸愚之標格律、袁隨園之標性靈,[illegible]多矣。向人以古今詩何句最好,此問可謂寬泛之至矣,然余可不假思索而應之曰:「孟夏草木長,繞屋樹扶疏,眾鳥欣有託,吾亦愛吾廬」,謂此寫真,天物萬物一切平等,一切自由,民胞物與之念,豈無宗教家之表面,極真率,極自然,無道學家頭巾氣,亦無宗教家念珠氣,真可謂中國第一首詩也。晚耕亦之種,將選讓我書,大同社會之理想如是如是,較老子之「虛其心實其腹」見解更進矣,陶詩好

31

要在博大高明，如「淒風起將夕，夜景湛虛明」，「昭昭天宇闊，皛皛川上平」，如「露凝無游氛，天高風景澈，陵岑聳逸峰，遙瞻皆奇絕」，直可作為陶詩評語。後世以恬淡目陶詩，甚至以王維為善學陶詩，真井蛙之見耳。[illegible]

余前論作詩，以為當由艱苦以歸於平易，引韓退之「惟陳言之務去，戛戛乎其難哉」之語，以為作詩者勵，此自文字言之也。若自精神方面言之，則須用有克己功夫，將一切根雜之念，掃除乾淨，然後可由純潔以達於光明。此語不專為作詩而發，然即為作詩，亦不外此根本要義，不可。方望溪嘗語何義門曰，錢牧齋詩穢惡藏於胸臆，義門初聞，尚不懌然，晚年始有所覺，曰，

32

「方望溪之言，良不我欺。夫以錢牧齋之為人，而能作偽詩，則詩道掃地盡矣。」義門晚年始有所覺，亦由其進德深，故鑑物精也。

33

八、南社詩話

曼昭

清末革命的武力，一為民軍起義，二為軍隊反正。民軍起義，若惠州、黃岡、欽廉、河口諸役，可恃以成功，故軍隊反正其作用尤為重要。清末練新軍，機關之設，問度取日本，綠營宜加和平改變，練新軍以為舊日所以防家賊耳，然革命黨人滲入軍中，以革命之思想為宣傳，卒斷清祚。是則所謂防家賊者，賊未防，毋亦藉寇兵齎盜糧也。革命黨人投身入新軍中以應接革命者甚多，以丹徒趙聲伯先為巨擘。伯先在江南練新軍為標統，其時統制係[illegible]，以候補道為統制，實不知兵，每事推手受成於伯先。伯先因得行其志，議方張，兩江總督察知伯先為革命黨人，忌而奪其兵柄，伯先乃去之廣州，其後始終

34

2

州，其踪跡始終，於是伯先事不得成，然其精神能感[illegible]州[illegible]於安慶，於倪映典於廣州新軍，於廣州前後徒，雖[illegible]相接，造於辛亥十月江南反正，於林之蔚於洪承點，皆伯先舊部也。[illegible]辛亥三月二十九日之役，事敗，[illegible]嘔血死矣。伯先為人忠義烈，[illegible]眉目有棱，一望而知為凜凜烈丈夫也。南社詩人高燮嘗有哭趙伯先詩，其詞云：「伯先嘗有天香閣詩未得見，惜哉！」柳亞子所為丹徒趙君傳亦謂伯先[illegible]，嘗見[illegible]諸人[illegible]於[illegible]，及其碑曰天香閣主人之墓，是則伯先必有天香閣詩稿無疑，[illegible]謂伯先[illegible]

[illegible]

35

3

亟子所為趙君傳，有云：「君擅將略，語方也，君實與共
謀，多所擘劃，謀定，吳從君南行，君為詩贈別，吳
答以書曰：文每誦君詩，不覺心搖淚落，豈葉之傷懷，後事
而出以兒女之情，未抑詩意之感人深也。」得讀其書，尤動
君有古詩若干，惜皆散佚，但記四句 伯先此詩自情
傳也，愈不能不有望於亟子矣。

綜以多譯據

亟子所為趙君傳，述伯先在廉州將事，頗有闕，蓋
廉州義旗雖由劉思裕，而繼續主持其事，使更深抗
抗之算，則為革命行動者實從此也。當時黃克強
以伯先本率兵而郭人漳亦率師為官軍，郭仲實論
與其中，黎仲實論之，以郭人漳阻撓，事未
人諳入廉州，俱知革命
道遠，州城不可下，未幾伯先又淳益堅，蓋
以為伯先固同志，而郭人漳事必自附於志士，
且與克強稔，不能無望於謀也，乃郭人漳

36

4

陰持兩端，所謀不成，支吾敷衍，
去劉思裕遂為郭人漳所陷矣。亟子敘伯先在廉州
南門外海角亭與諸將校痛飲，即席賦詩，有「名將
兒多嬉遊，目憐不是英雄筆」之句，蓋伯先以所志弗就
往為廉州，雖不能無所快快也云云，深得當時伯先胸懷、
心事。當時伯先與郭人漳均為標統，然郭以資格遠
甚，為標統而虛係營務，命諸廉諸軍，皆歸節制，
伯先自為一部，故不過一與之比，故不能有所舉
動也。伯先既黨，因辭使得罵郭，郭不平，然以
伯先實力，未敢動，既謂有譖之於總督張人
駿，即徵調之，總督伯先已不能安於廉州矣。
伯先在廉州尚有一軼事，廉州近廣西，俗喜
食人肉，伯先一日出營門散步，見廉州防營

37

5

無辜數人，燔一人婦肥，因以嫁，但見媚極遍拔從者、
手槍，盡殘之，事後，但見誇人生平未嘗手刃人，
此時氣湧于中不能自制云云，此郎
以但見擅殺他郎之辜，甚不悅，而但見自以
為無地方守相無能觀矣，
食人之俗，中國人至今未能免，職是因子的氣，
文明古國，與孔子以來之禮教，所陶鎔者為大也，
可以傲視世界各國矣，康州守將宋某，俾知女妾
與一兵隨通，裸而並殺之，爛於屋際，使皮肉受
風而乾，係之切食，一日而盡，宋以此為勇，如此方為英雄也
作帽子之污也人，以英雄，稱之，嗚呼英雄英
雄，生香祝之，路色矣，吳稚暉開楊虎城
殺人大喜於狂，滿無流涎三人耶，

38

南社詩話

趙伯先而歎革命將才之摧折者，莫如吳綬卿。
綬卿名祿貞，湖北雲夢人，畢業日本士官學校，
歸國累擢至第六鎮統制。辛亥八月十九日，武漢
革命軍起，清廷命陸軍大臣蔭昌率師往平之，
蔭昌檄調第六鎮會師漢口，以助攻。事正亟，而張紹
曾率第二十鎮次於灤州，要求清廷即日立憲，而
綬卿以第六鎮次石家莊，截清軍，則直逼檄痛數清廷罪狀
綬卿以第六鎮次石家莊，截蔭昌後方輸運，痛斥此次用兵為革命之不可已
日後方輸運，當在漢口之蔭昌軍，截斷
謀蔭昌勝無而蓋截斷後方軍需轉運，斷清廷與蔭昌之所出備
謀舉四十餘案於西直門，謀進攻奉天，
宣布所謂十九信條，頒自由，發令，釋
汪精衛等於獄，以緩和革命空氣，回復

39

起用袁世凱，代蔭昌督師，並謀立憲，袁既至，
內閣總理大臣。其時綬卿與張紹曾謀直搗
北京，綬卿部在石家莊，夜與吳祿三人謀，石家
莊車站論之，不意綬卿被刺，且計畢
事，忽刺客數人直入，綬卿出不意，攀椅與
格，被刃死，同時參謀長亦死。第
六鎮失帥，謀遂撓，而張紹曾亦奪兵權，清
廷遂以[illegible]代之，北方革命之
計，遂一挫折，惜哉。綬卿之死，初疑良
弼所為，後始知實袁世凱之所遣。
謀先定此方，以固根據，知綬卿英傑，不為
之下，故刺殺之，以去肘腋患。然綬卿雖死，

40

其所部括純完貴陝兩省，且武裝革命軍新起，與張吳兩軍之章擊，清廷乃純以全力調師南下，革命軍遂陷僵局，而東南諸省[illegible]相繼起應，則其有造於革命者亦至大矣。後鄉才氣縱筆之作，淋漓慷慨，使其不死老矣，為另等道此革命同志所為，而其被難而挽悅者也。後鄉之詩高吹萬有詩句矣，曰生怯抱約詩卷之與仙足含劃，亦為一士，為紀覓詩遺稿，宣惟南社之光采，就林之詩也。

41

十、南社詩話　曼昭

吳縣劉湘雲來書，寄示吳綬卿遺詩三首，讀之使人矣，

「風來如在眼前因感平陵，降城闕無言」、「潼關

嗟黃河」云云、「乙酉守義」云云、「漢末武人

作詩者，有劍拔弩張之勢，綬卿獨能出以沉著深

穩，如其雖能笑。湘雲書中並言綬卿五夜雞聲

一時屬和，向為人傳誦，惜已忘其全什。

也日逮將陳湘芸延閣，彭湘雲論君寄示趙伯先詩改發滿綫

吳綬卿鐘明光詩見紅，遺詩甚感[illegible]佩吾意

之出先，亦抒懷舊之意矣

之中彌縣[illegible]甘心，[illegible]謝，未能自己，謹此鳴謝，

君教之謝以詩，合為[illegible]郵，非尋常謝辭所能宣

達也，

42

南社詩話

曼昭

庚戌三月汪精衛被執於北京，當局不之殺，說者謂出滿洲親貴，以緩和革命黨人之情緒也。辛亥九月，釋之於獄，說者謂此由武昌革命軍之起，提出講和條件，且其時廣州將光復，總督張鳴岐欲博革命黨人之歡，故奏請釋放也。是皆然矣，而不知此事實與後卿有關，不可以不紀也。己酉秋日，黃克強、汪精衛在東京，嘗遣使者進讓後卿曰：爾等只知做官，忘革命矣。後卿怒曰：汝輩惟知於邊陲舉事，何緣咎吾？於京師有所動作，授吾以可乘之隙，而吾不應，罪未晚也。使者述報，精衛本有入京之志，至此益決，潛行，語克強曰：且以語後卿，俟我事發，促其舉兵可也。及庚戌三月，精衛事敗被執，後卿聞之大驚，乃密言於慶親王奕劻曰：革命黨人最著名如汪精衛者，入京師數月，而軍警懵然不之知，則京師革命黨人之多可知

43

矣。聞人在黨中最有威信，殺之，黨人必且仇復，殺不無益，快則矣。而因之彼書生不勝囹圄之苦，不足為死，可無患也。奕劻為所動，言於攝政王，定為永遠監禁。辛亥九月十四日，後卿勸吳將攻京師，電致奕劻曰：汪精衛在獄中，有加害者，汝輩無噍類。奕劻惶懼，遂釋之於獄。精衛以九月十六日出獄，聞後卿在石家莊，十七日晨往赴之，精衛足受鐐久，初出獄，不良於行，四川同志陳楷、彭家珍等扶掖登車，行五數站，嘗傳石家莊不通車，吳祿貞被刺死矣，乃返。越旬餘，謁其太夫人於天津，匿跡行李蕭然，乃與諸同志醵數百金賻其喪，後卿平日清廉可知也。

44

南社詩話

曼昭

清季詩人於龔定庵，已嫌其帶浪漫主義色彩，曼殊
詩筆與定庵相近，才氣不如定庵，而
辭采之明則過之。其實曼殊初不欲以才氣見，其
為人亦然。曼殊本深於情者，蓋學佛，且以慈悲為
宗，無矯飾，與人交無崖岸，天真未鑿，其坦白誠摯，殆非尋常人所能及，生平不能以隱蔽
凌人，即以詩篇見凌，亦不知何以處之。嘗與馬君
武論譯詩不合，君武數為所窘，辭窮輒為嘉興、蘭溪，
起而怒罵曼殊，曼殊茫然，與楊溫伯起而排
解始已。溫伯事後語人曰：曼殊乃天下之至弱者，
而君武欲以強凌之，可謂穢甚矣。
民報化名特刊，名曰天討，(註)曰有某小報譏其名
其無恥，大在冒牌賣藥者下，殆稚狸之自命為人也，
哀哉。曼殊為作畫五

45

幅：其一為岳武穆游池州翠微亭圖，其二為獵狐圖，其三為徐中山
泊舟莫愁湖圖，其四為陳元孝厓山題詩圖，其五為太平翼王夜嘯圖，筆意
高遠，第五幅尤為絕作，蓋寫翼王入川時情狀，
亂山合沓中，孤城百人，狀極蕭瑟，城外眾隱隱，
起伏山谷間，望見一人影悄然，與天無際，維時秋夜，
[illegible]，上有寒月，翼王繫馬城門外枯樹上，披髮，著戎袍，仰首
坐月長嘯，若有聲，秋風吹鬢，蕭騷者由嘯
欲起，嘯聲相應，令讀畫者欲置
身其中，與此英雄相周旋矣。章太炎為題字其上
云：力拔山兮氣蓋世，時不利兮騅不逝。蜀道之難難
於上青天，使人聽之凋朱顏。用語明豁，錄及李太白
蜀道難詩句，淒然切真，許瑞物多偶得之，嘉，
與曼殊畫筆，可稱雙絕。

46

1

南社詩話

曼昭

李蘋香寄示蘇曼殊詩一絕，此詩曾見於曼殊年譜，而南社詩集所未收者，余已即採入南社詩話，頃蘋香復寄示曼殊二絕，云自當代詩文創刊號抄出，且謂曼殊之詩，本曼殊所寫有，而當代詩文之編輯者不論人之作，其非偽造無疑，曼殊飄泊四方，其詩文散佚，不知幾許，安得有心人如蘋香者為之裒之，使零縑碎錦，復得完幅，然詩不云，以胭脂為集君題扇云，如君芳信傷心盡，何勞劫火焚，今日圖成渾不似，胭脂和淚落紛紛。踏閑云，踏閑千外遇揮悄，故事雲鬟不肯前，向到年華更盡情，皆

47

2

人何指十三絃

蘋香書中又云，五月二日為曼殊逝世紀念，吾曾為文，以抒思慕，竟以此為八喇叭謂為違背革命的意義，云云，事非本然，余懷胡適之

48

3

秦淮
一作「伴人無寐女顏若破月」耶，且文
學之作用，本為描寫多方面者，革命黨人傳其心
聲，殊不治文學，若政治文學，則其描寫總不
能及於多方面，若如此道，學見者只不離詩
云：子曰，和尚之口只不離阿彌陀佛，神甫之口只不離天降
罰，則以為即係宣傳，第二即以描寫革命黨之責
其描寫亦必以專心革命一方面為之足，革命之精
神，如其種精神，因其描寫其精
極的操守，如孔子所謂有所不為，孟子所謂不屑
不潔之當描寫，此外如「黃鳴」「不平」「怨吼」，然後為
道革命之文學，而後以明志，寫格以改造，則此
革命文學也，持此二義以論曼殊，曼殊平生
固非革命之戰士，然曼殊所自認者，曼殊所作文字，

49

4

因此書為革命之宣傳品，此又凡讀曼殊遺
著之人所同認者，然則曼殊之特點安在乎，
其一，曼殊之為人……篤於性情，
……其見諸文字者，悱惻一如其人，其
二，曼殊之為人，天真未鑿，行年三十餘，猶不失
其赤子之心，嘗自述其詩肥女最能得其神
理，蓋既非唐突，更非剽竊，亦非嘲笑，乃憫
其肥而無偶，衛之而出，而無一毫機械也，某
君謂為曼殊豈非傻子，嗚呼豈見也，不
儀者矣，其三，革命黨人最要富貴不能淫，威
武不能屈，在曼殊心目中，則直不知富貴威武為何

50

物，於是知其何以能屬人注人，益覺殊胸次中矣，湛然，殆如秋水之光，塵埃剷盡矣，神情調和，有此三者，故常人自然不以下，皆敬而愛之，初未嘗責以所不能，寧惟如是寬，且視如嬰兒，將之傳保，懷其飢寒，共調，調其冷熱、慈勤有加，懸懸然，決不如今日青年動輒以白眼加人，惡口罵人也，張然當時亦有如馬君武者，欲飽以老拳，余前已言之，

51

南社詩話

兆銘

前述曼殊為天討作陳元孝厓門題詩圖，近郁周孝嗣來書根據柳亞子所刻曼殊全集，謂當更正為奇石題詩圖，並舉栓陳元孝獨漉堂集此詩標題為厓門謁三忠祠，且字句與太炎所題亦有同異，茲錄之如下：「山木蕭蕭風更吹，兩厓波浪至今悲。一聲望帝啼荒殿，十載愁人拜古祠。海水有門分上下，江山無地限華夷。停舟我亦艱難日，畏向蒼苔讀舊碑。」太炎題辭「波浪」作「風雨」，似不如原作之沈著；「望帝」作「杜宇」，雖是一物，然以「望帝」對「愁人」為較工矣。「畏」作「愧」，則大有可議，「愧」字深刻不如「畏」之遠甚。按張弘範既以舟師覆宋末

52

帝于海，自以為不世出之功，乃於厓門奇石大書深刻「張弘範滅宋於此」七字，陳白沙先生為加一「宋」字，遂成為「宋張弘範滅宋於此」，可謂大義凜然。陳元孝以明末遺民躬與播遷，張目見此刻石，其悲苦之情可想見，「畏」字深足傳神，易為「愧」字，意義全失。大抵太炎當日於筆揮寫，一時忘檢原本，故有訛字，不必有意更易也。曼殊所寫厓門題詩圖，用他種筆墨，寫荒涼[illegible]寒[illegible]之景，[illegible]民報[illegible]，與原詩意味纏綿曲折傳出，可惜當時天討係一種紀念特刊，冊數不多，近日民智書局翻印本盡去圖畫，識者不知所取義也。

53

南社詩話

曼昭

鑑湖女俠秋瑾有句云「家園無此人有素，天涯飄泊我無家」，為人傳誦。其臨命之際，書「秋雨秋風愁煞人」之句，以其從容就義之風度，余憶乙巳秋，偶晤於孫中東京寓廬，其時在座者十餘人，談識既畢，植作君，論人或害或立，或佛或耶或就，庭除數步，庭有老梧桐一株，幹巨，皮新脫，色白，林園時坡取筆書「就青」二字，筆意矯健，絕類米南宮，書畢，以筆授秋瑾，書「待還向西風殘月」七字，秋瑾接筆書「秋草萋黃，秋夜警深，一例秋光裏」，睇瞬向此君所自作乎？笑曰「說者自能也得」，惜乎當日未及詳問也。

54

方君瑛在中國同盟會女同志中，以堅毅沈摯為宗所推服，在日本東京留學時，既且革命，能盡其所言，遂歸國為革命事業，以東京女子高等師範學校畢業，平日寡言治算學，絕少作詩，民國元年以後復赴法國留學，民國三年九月曾作一絕云「黃葉紛紛霧鎖秋，碧天如海月如舟，數年萬里依闌倦聽傷心語，揚返故州」，其明年歸國將省父執，上海未至而父已歿，可哀也已。「碧天如海月如舟」，古人所未道，實名句也。

55

1

十六　南社詩話　　兆銘

廖仲愷生平詩詞，見雙清詞草，篇什不富，而清麗中見氣骨。雙清者，仲愷所居樓名，仲愷與其夫人何香凝女士，取明月之夜人影雙清之意，以名其樓，其後仍為綜理[illegible]事，凡重回廣州東山，仲愷所居樓者多屬月夕，及執役政，於樓前遺墨，乃以紫檀木為框，壁以[illegible]，架以蔭風月，仲愷既殁，其遺樓，設印以雙清名之，

仲愷所作，詞多於詩，其在民國以前之作，如[illegible]夜[illegible]菩薩蠻[illegible]邊，雲如瘦隱風狂撲人」，蓋其時仲愷客吉林，從陳昭常幕中也，撫寫邊景，何減花間文字，塞上詩至[illegible]賴有殘夢不成夢也，無邊據，使使則家御樓頭少婦妝，重宋代杜子美鄜州月之詩，則又與花間文殘燈破減枕頭款同一風調，風味，

56

2

雙清詞草以十二年六月七間所作為獨多，其本事者尋去，十一年六月十六，陳炯明在惠州，命其爪牙洪兆麟等率部夜襲廣州大總統府，孫公內變，徹出險，登海珠，至軍艦，[illegible]大總統府[illegible]，[illegible]

[illegible]，[illegible]中[illegible]，[illegible]廣州事起，[illegible]國民黨之不幸，亦中國之不幸也，況可[illegible]，仲愷至不就囚，仲愷因盡力佐孫公，與撲滅陳之變，其幽禁於石井兵工廠，仲愷陳亦知之，特以仲愷[illegible]孫公，故[illegible]不意囚[illegible]繫於石龍[illegible]某某日全部樓上，時陳居惠州，有[illegible]花洲，葉舉等在廣州，以[illegible]消息不通，居[illegible]中[illegible]，故陳與葉舉等往來函[illegible]，仲愷一命[illegible]初聞報，日已包圍大總統府矣，[illegible]矣，危於累卵，[illegible]隨日得[illegible]矣，仲愷照見續於是墨，讀[illegible]等[illegible]笑，[illegible]及

57

3

聞報曰噫，適免大陸淪陷，張之脫身矣，俄而復聞報
曰張之登輪船，且云全艘船均葬海中，無一得倖，對白雲
山[illegible]不搭輪矣，仲信必須搭機從被[illegible]王存[illegible]
岳云：殿五八月十一日，自廣州赴上海，以入
則遊廣州，部署救事已定，搭機之際，陳初
致仲信，謂已遞書等抗議，業等亦不敢為已
甚，故得搭機，乃返，則仲信不得至大陸年八月二十日，
搭筆命於剃髮之後也，
因居香港中，聞訃至悉，乃為詩詞以遣懷，故
數首
傷情詞章，於此乃其大部分也，其題五層樓上云，
「跳出深宵風穴其中，晝靜階蹤，夜靜寂寥，華窗[illegible]」
「昨報筆情形，令人可惜，[illegible]風肝[illegible]唯天命，」
馬勃牛溲，稱異才物，論未顧，衡大小棟梁終古

58

4

盡[illegible]樣」本不速長君子速情[illegible]真[illegible]母，可謂長歎
，茫茫哭矣，
[illegible]
[illegible]本書
五行閑房之內未婦之內其性情流露，亦隱有閑
風之遣」「一度生嗔一度相親，一樣歡情未許分」可
想見其傷悼之業，況有撫衾尋夢去夢也無憑
採之瀟湘[illegible]調，則自然亦有此等欲挨之辭
淒涼別調，
[illegible]也，
「宇宙間唯愛長存，萬物都隨流水」，在詞中實有
[illegible]光風霽月[illegible]之詞照人，可謂不朽之
名句，

59

1

南社詩話

曼昭

余年二十五，當風若雨，益增離群之感，越日忽得詩隱自廣州來書，附詩一絕曰：「二十年來一夢中，紛紛成敗感英雄，人間尚有王陵在，莫道王陵死不同。」辭情激越，為之擊節。

沈此山在北京被捕時，章太炎在上海獄中有詩曰：「不見沈生久，江湖知隱淪，蕭蕭悲壯士，今在易京門。…………中陰當待我，南北幾新墳。」此詩用李太白之風格，而運以杜少陵之氣骨聲調，讀之覺沈雄悲壯，溢於空間。惜五六二句余已忘之，再覓不得，社中同志如有見告，感荷無涘。

精衛嘗為余言，昔在北京獄中時，獄卒中有一獄卒，嘗為精衛述此事，歎息言曰：「某真是一鐵漢子也，當被捕時，老佛爺（即清孝欽后，北京人皆以此呼之）本欲即殺之，

60

2

後以萬壽在邇，乃命杖死，行刑官宣讀時，彼面不變色，但曰『請快些了事』，於是亂杖交下，骨斷肉潰，流血滿地，氣猶未絕，呻吟曰『這樣死不了的，請把我勒住罷』，於是裂其衣幅塞口鼻及勒之，再杖始絕。」嗚呼！滿洲之野蠻無人理，革命黨人之萬死不辭，於此可見。「中陰當待我，南北幾新墳。」觀七十二人同埋骨於黃花岡一抔土者，真當年所不料矣。

太炎與鄒容同以蘇報案，繫上海獄，太炎以駁康有為書，鄒容以革命軍，此二篇同為名著，成為中華民國開國之作。太炎既出獄，主民報，嘗為文痛詆吳稚暉出賣，稚暉時亦在巴黎主新世紀報，乃為書自辯，太炎更痛詆之，謂為戴尾泥塗，龜鱉同集，且有「善箝而口，勿令舐痔，善補而褲，勿令後穿」諸語，當

61

3

時論者以稼峰為寫山無據，頗以太炎不逮之者，
謂稼峰聞難即避，不以為太炎鄙吝，殷人論
於悍縛，即山已無人檢舍，然吾今日稼峰老
宿成魅，附身於筆閣中懷，（其平生朋舊及後生
執遊所斬殺者無一異，奇識所不能及，若則
以筆合[illegible]法之，交者莫能或居也，帶知中悼，然則為曰
不賞太炎與鄙吝，轉見無足異矣

于右任詩，稱佯仰青，嘗見其西人書後面一律云：
隱隱黃河線一痕，馬頭西向日黃昏，風雲高塞
連秦塞，波浪龍門接孟門，高視山巒皆破廓，
將軍墨下祇薰村，川原如錦人如碎，滿地花
開不忍論，（止）莫識此篇，惜未讀其全集，

~~將嘉平初書~~

62

十八　南社詩話　　兆銘

余前載于右任七律一首，追挽孫帆方守，而右任復為舟尚父湖邊之作，云：「曾載貢獻雜誌第一期，且為右任親筆，錄之如下：」「尚父湖波蕩夕陽，紀詳漁釣兩蹤忘；前盍白髮為名士，老死黃泉作國殤。落葉廣之迷古路，樵舟後之適何方？桂枝如雪楓如血，猶憶閩山尚我場。」右任詩純以比方雄渾為南方秀蔭為一才，觀於此作而益信。「老死黃泉作國殤」，願右任勉之，毋隱長樂老之後，揖讓進退，以失革命團志之本分也。

「前人種樹，後人乘涼」，「莫問收穫，只問耕耘」，尚矣。宋嘗遊西湖煙霞洞，見題壁絕句云：「梅花開遍前頭路，不負當年手種人。」，稍平躁釋，尤令人快活。

63

2

龔定庵之「落紅不是無情物，化作春泥更護花」，精雕宜論之。近日坊刻《精雕集》於民族的國民，荷木，繳此兩句，余頗疑之，嘗因視時問及之，謂精雕家書之，以荷木實自隱忠憤，寫女人詩詞或樓言一兩句，此雜誌慣事也。其後精雕翻刻，竟以此兩句為與論文相連屬者，然此刻所僅知矣。然此兩句實細道出志士仁人殺身成仁之心事，此詩「華落還肥根」，精雕謂定庵詩意，而另有一種古樸風味，其實精雕所自作，如「雪花入土土膏肥，蓋夏草木待雨而繁滋，如飛絮似顏窮暮落，墜紅猶復絢爛言」，亦此物此志也。

高天梅嘗作「為樹梅花澆一廬」卷子，高吹萬題詩

64

3

云：「高郎身世感無窮，深臥梅林恨朔風，一自松春歸塞外，更無明月照山中。樹圍老屋天然古，花落南枝分外紅。」詩以君边感歎思朋儕離得貴心同心。此詩曾載復報，距今二十餘年矣，余尚能憶之，一字不忘。此詩格調極似放翁，心情寄託亦好之，詩卷不存，當時題贈甚多，無及此者。

65

南社詩話　　曼昭

余嘗兩載于右任詩，昨日曾仲鳴自舊書篋中檢得右任詩存一冊（見贈題為變風集），乃十五年六月至十六月所作，蓋右任自上海乘船出海，名成軒乘西伯利亞鐵道車至莫斯科，復由莫斯科出庫倫，度沙漠，經甘肅以入陝西，似此漠北長途旅行，皆可為詩人材料，而少，故集中詩作雄渾豪放，開前人未有之奇，亦右任前此未有之奇，題為變風，殆以此故，然再三讀之，覺字句精鍊，格律壯闊，而渾厚深醇則似有遜於右任他作，蓋努力改有所偏，則得於此者或喪於彼，亦事勢所不得免也，右任當不以余言之戇直也。茲選錄數首於次

再過貝加爾湖云：「貝加爾湖清澈底，波浪如見飛不起，照見征人事白頭，白頭之君良有以，河流穿谷似箭，山脈來如蛇如曼照映。餓黃兩大民族間，殺敵之後平，何時一水鏟卻持節去耶非千古此雁又南飛，計將隱爾渡沙漠，

66

先入關門報我歸」。末四句忽作曼聲，情致大勝。

「黃塵衰草白沙映夕陽紅」，狀漠北風景深刻，蒼涼盡致。

戈壁拾薪炊飯云：「晚拾薪回日已斜，掘坑作灶煮磚茶，鍋前不覺炊爐力，釜裏微茫見浪花」。此詩不雕飾，有奇趣，大足表現旅行沙漠之人心情。昔黃山谷以茶餉蘇東坡，贈以詩云：「我家江南摘雲腴，落磑霏霏雪不如，為公喚起黃州夢，獨載扁舟向五湖」，釜裏微茫見浪花之意也，

「半年似蟻風水草作家鄉」，形容回紇但蒙古同胞見之能不誤會否

固原道中云：「兩馬車一破囊，一節相伴入原州，雞鳴半簡城過雨，葉落須彌山下秋，地連蕭關葉成不毀，余過長城只是老楊豪，人生畫癖非奇事，君看鄉村服耗牛」

末二句發人深省，可以人而不如牛乎！

67

南社詩話

曼昭

民元以來，廣東迭罹兵燹，民無寧日。民九，陳炯明率師自漳州回，克潮惠，復廣州。明年六月，陸榮廷遣陳炳焜等自梧州來犯，擊破之，乘勝戰定全桂。十年十月孫公率大軍次桂林，此役其時兩廣兵息民安，庶政以次就理。十一年清明節日，廣州軍政當道暨教育界創議於白雲山種梅數萬株，設山林警察以保護之。鄧仲元笑曰：「吾黨使白雲山變為綠雲山也。」陳樹人攜婦同賦詩紀之，有句云：「聞說荒坡拿大隊，梅花新植八千株。白雲山畔公園地也，願因來數歲無」，即指此事。其實當日所植只八千株，遠道傳聞，而未確耳。何意是年六月，葉舉率師自桂回救廣州，有異志於白雲山巔設炮轟擊新總統府城，十六日事變後，叛軍大掠，郊鄉市鎮，蕭索，而白雲山

68

所植梅數萬株，亦為叛兵樵采殆盡。能仁寺畔有梅數百株，寺僧護持保護之，謂叛兵由山路緣梅所植也，叛兵恐此白大總統以為鐵綫網等物者。噫，自作孽不可逭，此之謂歟。

余前紀鄧仲愷詩，詞稿遺失，圍房傷隨之矣。然猶未忘陳樹人所作之多多益善也，讀寒綠吟草，復之，為之莞爾。

楊滄白詩筆清出，余紀其民五舟抵上海懷陳英士一絕云：「霸氣英風已寂寥，山松遺壘未全消。昔日烏衣人見鳴咽，春申浦上潮。」蓋其時英士殉國未幾也。刺英士者，發縱指示為袁世凱，其功人所知，狗則所謂狗烹將軍也。鄭汝成伏誅，而袁世凱不得保

69

3

有淞滬，陳英士殉國，而東革命之進行受一挫
折，一人之關係亦大矣哉，
南社諸人之詩，以陳去病為獨多，已刻集，務揚南社精
神，則莫如柳亞子，凡二十年如一日，人品亦高尚，巋然無
所污，十五年當國民黨第二次全國代表大會，被選為
為中央監察委員，十六年四月，南京自昔以嫌故
業行清黨，往，務以共產黨以殘殺為己，亞
子不義其所為，始終立節不為所屈，殆所謂獨潔
自好之士者歟，嗚呼，亞子，砥礪名節以慰
故人，亦狀之塵，不足污也，

70

民國四年，袁世凱帝制謀定，執信奉孫公命，舉兵討之，
朱執信在廣州起兵討之
南社詩話
袁世凱帝制謀定，執信奉命……在……寄陳炯明
明亡前府圍執信聞之，乃寄陳以詩曰：「五湖客日且
行意，三窟何時有消息，復說屠羊亦返國，遙
君騎馬我擔簦，暫同甜酒相濡沫，莫學猴猻
屢聽冰。」末二句則余忘之矣。執信此詩，蓋深
知陳之性質將為人上，慮其事敗，故諷之。
辭微而意則直，陳見之，為之變色，噫，使
胡漢民實能如此，則於民九冬間，不至以一廣東
都督之故，蓄憾於心，日夜攜陳於孫公之側矣，論
者謂民十一年六月十六日之變，陳固安於山，而胡則
楊兩者流哉。
「五湖客日且行意」，指民二年陳受任廣東都督時，執信……

71

去國四年也，「三窟何時有消息」，謂當時陳之結納某
士諸也，「復說屠羊亦返國」，明此來寄為艱難，絕無與
陳爭廣東位置之意也，「暫同甜酒」二句，所以堅陳
之信也，韓為黎詩曰「嗟爾殘月莫相疑」，同是其影
須臾期，嗚呼，天下之最短氣事，孰過於共處一境，同
住一事，而時時刻刻互懷猜忌之念矣，執信以民九九月
二十日，殉難於虎門要塞，時陳炯明方率師與桂軍將領林
虎、沈鴻英、李根源等戰於潮、惠之間，惠州郡守李福
林，則與桂將馬濟等時於諸，以兩岸勝負未判，猶豫不決，乃
命其精衛、仲愷、執信往任，及戰事既定，汪精
衛赴上海迎孫公返粵，經廣東，及胡漢民偕至廣
州，既而精衛知胡與陳之相齟齬也，慨然不樂，遂
一人歸上海，舟中有詩曰：「鴉影微茫海
氣春，兩收餘靄翠天勻，波凝綠蟻風無浪

72

「壓金蛇目有鱗，如信陵樓原不遠，卻妨羅織為生塵。鐘聲已與人俱寂，負手危闌露滿身。」所謂「如信陵樓原不遠」，言有志者事竟成也；所謂「卻妨羅織為生塵」，言履霜堅冰至也。大不得意之事，即伏於得意之時，古今來往往如此矣。執信之詩峭厲，而精衛之詩則溫婉，兩人詩派固不同也。民十一年二月，鄧鏗死於刺客之手，未幾，孫公自桂林旋師，陳炯明兵禍遂以作。韓仲樂言：禮記「鐘聲鏗」，「鐘聲已與人俱寂」，謂鄧仲元殉難死國事也；「負手危闌露滿身」，謂大亂已成，不能挽救也。是為詩讖，是則未免於鑿矣。

73

南社詩話

曼昭

去歲冬日，余於坊間購得汪精衛集四冊，及汪精衛詩存一冊，汪精衛集第四冊之末附詩若干首，又購得汪精衛詩存一冊，讀之，訛字連篇，不可勝校。嘗欲覓一部以寄示精衛，並附以書，問紙上等出版物，曾得其允許否，何以訛誤如此。頃得精衛覆書如下：

「來書及坊間所刻拙著兩種，均悉。弟……宣傳……所用，……弟宣傳之詩，……何人所刻，……刊行，……有……至於……詩，……小休……弟宣傳……年……以……無意於問世，僅留以為三五朋好偶然談笑之資，……數年以前，於上海……僅留……詩稿，……廣州，……

74

……日報、……週刊……詩稿，及……雜誌……大約……坊間本即據……時報……所刊……者……其……流於……刊行……本來訛字之多，不為校對員之過也。

……精衛……在廣州東山陳樹人家，……雙照樓詩詞稿，……小休集，……共……序一首，……自序……精衛……

詩云：民亦勞止，汔可小休。……斯言，人生不能無勞，勞而不能息，長勞而不息，人生所宜然，亦人生之至樂也。而吾詩遂成於此時，故吾詩……畫……物之精，以為……之所不棄，……之所照也。

75

革命黨人某去桂平，行長途中，偶於道旁古樹下，[illegible]，而書擲與歌吟若干首，以為學者於經史再用功，以小詩為寄[illegible]。

集云，

以精衛之自序，讀精衛之詩，其所言[illegible]。

精衛在北京獄中，將寄為詩，[illegible]，鋃鐺破碎，而負擔去肩上，誠哉其為小休也，

因此一字，去年之為，余未嘗讀，實為詩外，何以自遣，至於出獄之後，則絕遊之作，居廿八九，蓋二十年間，偶得暇晷，以作遊息，而詩遂成於此時耳，革命黨人，不可知，然所[illegible]，惟天地風景，則所不得棄，此韓愈所謂，江上之清風，山間之明月，耳得之而為聲，目遇之而成色者，且取之無盡，用之不竭，真生機[illegible]之所寄也，[illegible]，精衛在民國紀元以前，嘗有小休集，作詩集序，最近

76

為陳樹人所畫集序，略引申此義，精衛詩存

作序者，[illegible]

集中所見，則精衛作詩之本旨也，

77

南村詩話

吳昭

楊敏居此等獄中十二年，時時就獄卒譯閱數十年未輟，宋之賓誅，
事嘗綜集倫[illegible]筆記之，可成一小帙，且[illegible]
出自獄卒之口，所得但無粉飾，較之文人作史，尤可可
信，前曾[illegible]此一段，[illegible]更[illegible]，拉雜述之，
[illegible]或稿其所詩話範圍，出古今詩話，所述者非以
詩為限，此例不自我創也。
有老獄卒劉一鳴若戊戌政變時看守譚嗣同等六
人，其言曰：譚在獄中，意氣自若，終日繞行室中，
拾取地上煤屑就粉牆作書，問何為，笑曰作詩
耳。望門投止思張儉七絕，[illegible]，可惜劉
不文，不知[illegible]可為之筆誅，而不止望門投止思
張儉一絕也，林旭美秀如處子，在獄中時
作微笑，康廣仁則以頭撞壁痛哭失聲

78

曰：天哪，哥子，[illegible]要先帝來[illegible]
[illegible]，林聞其哭，大笑不可仰，既而傳呼提犯人
出監，康[illegible]，知將受刑，哭更甚，劉
光第曾任刑部，習故事，愕然曰：此乃提審，非
就刑，毋哭。既而筆自西角門出，劉知故事，傳赴市曹
處斬者始出西角門，乃大悟，既而罵曰：未提審
遽即殺頭耶？何昏憒乃爾！同死者尚有楊
深秀、楊銳，無所聞。惟此四人一歌一笑一哭一罵，殊
相映成趣。

甲午戰敗雜事

刑部獄舍分兩種，一為普通監，一為官監，普通監陰溼
如穢[illegible]，官監則有種種，其最上者客廳書室
寢室及廚房俱備，無異大達旅也。清朝君主專制，不[illegible]
大臣待之有禮，朝列廊廟而夕投囹圄者，亦有赴市曹，

79

二 西

以時赦免，倚畀如故者

[illegible]，相傳曾有[illegible]救者，以事繫獄之

官：犯刑獄中，其某父憤氣，故獄卒對犯官恒憐恤，

惟嚴同候而得審，相傳雍正時有李萊直者，以

事繫獄，為獄卒所侮辱，既而復得釋，旋遷刑部

郎中，管獄，悉嚴諸獄卒以毛細東，痛杖之，

每日杖十餘人，有杖斃者，獄卒群以此為戒，使此後獄卒有戒心，

對於犯官伺候惟謹，犯官有[illegible]食者且屈膝

謝，口稱大人高陞焉，故犯官入獄，惟患無錢，

錢多則居處適意，直如家中，最豪侈者，為淮

軍諸將葉志超、龔照嶼等，以甲午戰役喪師

辱國，拿交刑部治罪，一被斬，一繫獄中，至庚

子聯軍入京，始乘亂逃出，獄卒為言其在獄中

時，放縱邪辟，寡聽人聞，獄中例不許[illegible]而

80

三

淫佚而徵逐之，以[illegible]初入獄時，賂獄中官吏

盜竊室自首獄部中[illegible]，每思知之，每以彼時搞，諸因之，獄

中[illegible]精神[illegible]其大，可時加以[illegible]

家中侍妾八人，輪流至獄中，宵夕相與狎褻，輒以

[illegible]三等最輕者自執鞭撻之，較重者褫下

衣[illegible]其臀，最重者裸而[illegible]接，令馬弁以馬鞭撻之，

獄[illegible]每聞婦人號哭聲，輒動色相告曰：「龔大人

生氣，打姨太太了。」其最謬者如是者，

庚子之役，徐用儀、侍郎許景澄、太常卿袁昶以直

言被殺，世所稱三忠也，徐已年老，就戮時從容如常人，

許婉無聲，惟袁[illegible]慷慨[illegible]，臨刑語如[illegible]

赴[illegible]受傳故事，三品以上以紅色絨繩為縛，袁忠

慨然曰：「死亦好，省得看見洋人打進京城。」監斬官

徐承煜，大學士徐桐之子也，聞而呵曰：「你想[illegible]洋人打進京城

81

4

嗚，袁大怒，目光如炬，罵曰，你兩女子，[illegible]

[illegible]把中國害透了，你們敢不畏懼而嫌[illegible]

[illegible]你狗一樣東西，還敢罵我，孫亦怒罵

曰，快些拉出去宰了他。袁曰，嘻，我死得痛快，

你們將來死得連一隻鼠子都不如。獄卒聽[illegible]

者面無人色，益以前犯官[illegible]

依九許徹到獄者也，[illegible]事破城後，孫以煌以全家為[illegible]

請，逼女父自縊，[illegible]伏誅臨刑

時猶將不肯[illegible]受戮，就地作十數滾，斯真

鼠子了不若矣。

內務府總長[illegible]山家雖富，下獄時攜金葉萬餘

盤，令獄卒報消息，每一報輒給以金一葉，最後

報至，[illegible]已飾[illegible]犯人立出監，[illegible]

立探衣囊出[illegible]紅一小塊，納口中，授首未至已氣

82

5

絕矣。聞云鶴頂紅云。

刑部獄中情況，[illegible]詳且確，以

[illegible]犯官無錢者與[illegible]

[illegible]一室[illegible]較適者也

也。

賽金花曾虐斃女婢，下獄刑部中某，設盛筵款之，

極甜，令作歌，賽金花辭以不可，乃罷，作清談

舉語人，此為一生最得意事，[illegible]刑部

司員來探望賽金花者，[illegible]有主事某洪鈞之門

人也，一見屈膝請安，口稱師母，賽金花亦落

淚。

報然。

以上皆我親聞者，[illegible]

親見係諸精微之手筆矣。

83

南社詩話

曼昭

南社詩人之作，散見於南社諸集，胡樸安編其評選為南社叢選，文選十卷，詩選十二卷，詞選二卷，其論次排比，有足多者，至所取舍未能盡如人意，則亦無足怪，又詩選中所指未足為病者也。惟其最大疵謬，則在疏忽，往往以甲之作而冠以乙之名，如張冠李戴，不一而足，茲舉一例如下：詞選卷一，錄精衛詞三首，一為《甘州·題江仁矩六朝花館填詞圖》，一為前調《贈黃樸升》，一為《金縷曲·獄中所作》，除《金縷曲》二首為精衛所作外，余嘗讀而疑之，二詞不但向非精衛所著，文字氣息也。因為書以質樸安，樸安覆書如下：

「前錄其二詞皆非予作，且予亦不識江仁矩、黃樸升為何如人，亦未嘗寫自所謂六朝花

84

館填詞圖之詞，則余亦不敢掠美。樸安選錄此詞，當時未曾校閱，即屬予所作，但未知也，果佳也耶，以此書實入南社詩話以代更正，為幸」云云。按南社叢選，樸安所撰，略精衛作序，此實係不可謂不審，而訛謬尚如此，其他可知。樸安再版之際，亦重加料簡可耳。

85

南北詩話　莫昭

情斷獄中詠楊椒山先生手所植榆樹：樹猶如
此況生平，動我哀從此古情，千里為[illegible]南樓
笑一鳴，空房今人驚踏殘落落，各據啼
枯葉蕭蕭有恨聲，寒林路前相對南枝
灑淚夕陽時。此詩乃為人傳誦，余特述
其本事如左

史稱楊椒山先生之劾嚴嵩也，繫入，詔旨等
交刑部拷訊，承審者希嵩旨，將予以重杖，
親友有贈以蚺蛇膽者，謂可稍劇痛，先生
笑卻之曰：椒山自有膽，何用蚺蛇為。既杖，腿
以下血肉狼藉，先生於獄中，點小燈，碎
碗瓦，持瓦片以割腐肉，隨割隨棄地上，

86

一獄吏執燈旁伺，驚懼手顫，燈影陰晃，先生
意氣自若也。因繫獄中久，嘗自植榆樹一株
曰：我生則榆死，我死則榆生。其栽榆
也，先生以秋後棄市，臨刑賦詩曰：浩氣還
太虛，丹心照千古；平生未報恩，留作忠魂補。
天下士爭相傳誦之。樹自先生殉後日益茂盛
因而當道應時多情，無敢剪伐之者
相傳樹有神，繼將有貴獄郎中某
惡樹枝拂出陸地，命伐之，有諫者不聽，斧斤已
其向家人未報，封翁以中風死矣，甚嗟
吉慶時又一貴獄郎中某，惡樹枝拂
路，命伐其枝，不數日，乘騾車出門，輪觸
道樹，傷其左足，大懼，扶病至樹下泥首以

87

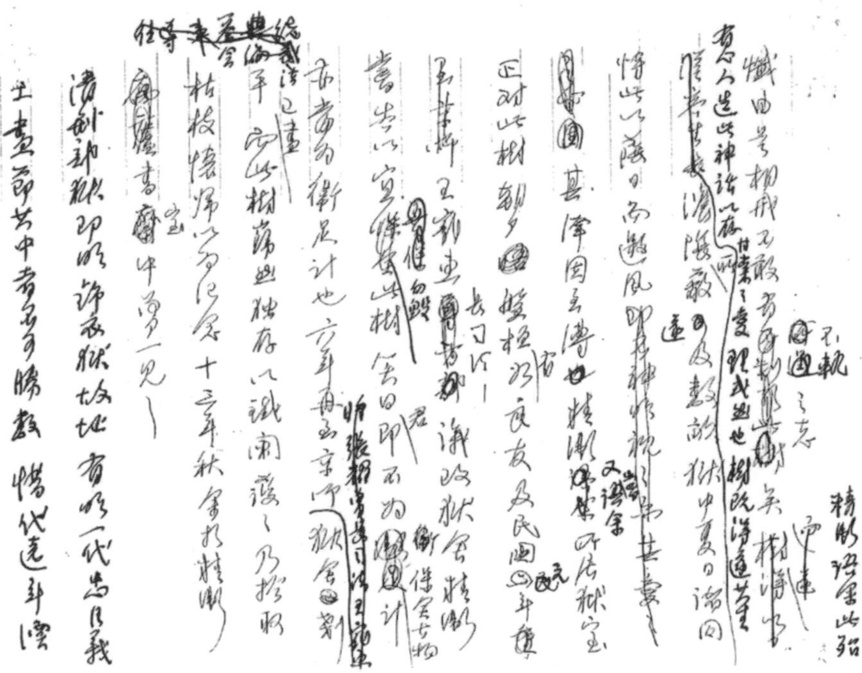

88

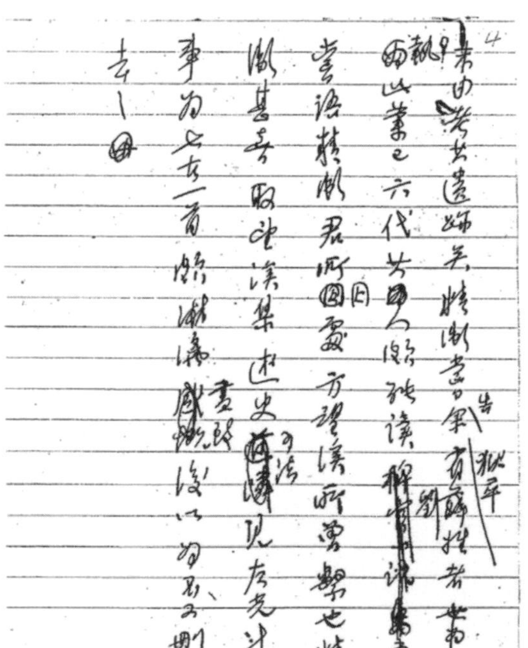

林時塽遺詩，與汪精衛親筆手稿收藏一起。〈感懷〉題下第四首（即〈春望〉）所脫字為手民之誤，《中國革命史》所刊原句為「睡醒鄉夢遠」。

89

南社詩話　曼昭

林時塽詩，余前錄其「落葉聞歸雁」一首及「入夜微雪」一聯，中國革命記則謂五言六首，七言四首，其落葉一首與余所記憶者相同，惟「何堪更嘯血」則作「何堪更回首」，然余則記憶為「嘯血」，且信之甚堅也。其餘諸首移錄于左。

「未秋寒葉盡辭枝」，余記憶為「霜林殘葉盡辭枝」，下句「艱難蕃得新秋淚」，勘之，則其為「霜林」而非「未秋」明矣。

革命黨人中，其真爛漫不失其赤子之心者，吾得二人焉，一為蘇曼殊，一為林廣塵，惟蘇柔懦，而林則英爽，故曼殊僅能保其無垢之人格，

90

林文（字廣塵，又字南散，一名時塽）

感懷

落葉聞歸雁，江聲起暮鴉。秋風十萬戶，不見漢人家。僕本傷心者。登臨夕照斜，何堪更回首。墜作自由花。

故國河山遠，秋風鼓角殘。荔悲歲促，涕淚向人難。路盡天應斥。江雲月自寒。不辭隨世分，散去浮漫漫。

□□□□，干戈久未安。豺狼充道路，刀俎盡衣冠。大地秦關險，秋風易水寒。雪花歌一曲，聽罷淚漫漫。

殘雪猶留樹，春聲已滿樓。睡醒夢遠起，視大江流。別後愁多少。看山猿古邱。獨來數歸雁，到處總悠悠。

91

有贈

忽聞春雪霽。朝日一窗紅。病起身還懶。書來事亦空。故人誰瞿燦。末路總蒙童。直欲尋梅去。騎驢過灞東。

昨夜聞雪霏。清雨得自由。抱衾頻得夢。檢藥不知愁。故國歸何得。蒼生總日憂。與君同作客。能飲一杯不。

無題

秦始河山百二重。而今無地覓堯封。鄭洪義岸斜陽冷。葛岳奇才碧水空。人事何曾哀樂盡。野花依舊寂寞紅。魚龍殘夜誰能嘯。祇此傷心萬古同。

□□□□□□□□□□□□□□。李杜文章嗟莫及。蘭庚肝膽

92

喜相磨。西方有夢歸猶急。北斗無聲斑更多。大息江東豪傑盡。糟糠無復鑄夷齊。

不知何事奏胡笳。落葉天涯感物華。踏海幾曾能辟帝。登樓無處不思家。霜枯野草宜嘶馬。水滿荒塘只見花。莫道九霄獨香醉。動心端的為情差。

據地西風萬葉悲。翻江狂雨暮來時。疏燈黯淡望城郭。一樽倉皇憶別離。入夜浮雲猶蔽月。未秋寒葉忍辭枝。艱難當得新秋淚。未日逢君未可期。

（錄自革命回憶記）

廣州嶺南大學

第　頁

93

字廬塵，則為筆名之前字矣，廬塵少失怙恃，惟有一伯，伴隨其夫宦於浙，時時以書來問廬塵近狀、且賸以金，廬塵始作書報之，而難於措詞、并讓語，則不思直言，則恐為其夫所覺也，沈思久之，忽援筆作畫三幅，其第一幅為秋郊遠望中、憑窗晚遠，其第二幅為茶梳，浣几而坐，鏡奩中，手展家書，妄動歸意，其第三幅則為裙屐出門，持所得金，欲出赴書肆去矣、合此三幅，入封簡中，不著一字，而情狀宛然，嗟夫，余之身世，略同將嫂，亦有一伯，愛之甚摯，自入筆宦以來，初不敢以消息告之，歡，廣塵畫，決奪胆出，我放擲之囊中，不令付郵也，廬塵得錢，為買書，嘗一日買得新書多種，皮面金字，裝潢精好，嘖嘖歎賞，翌日，在案頭見之，則畫剝其皮面矣，詰問其故，笑曰，心惜其裝潢，不思污之，

94

將來書不讀矣，不如剝去，無所顧忌也，其風趣如此，故人黃壤，忽忽便已十年，每一思及，惟有腹痛，

95

廿七

南社詩話　　曼昭

余前論詩以志事為先，頃佩忍來書，頗不以為然，蓋以為詩之良否在於~~藝~~技術，不宜羼入理論也。余守前說彌堅，蓋詩言志，志者心之所之也，（在心為志）即以詩（茲言為詩之故，即說詩言詩）實亦當先志事而後~~藝~~技術，（所謂繪事後素也）請舉例以明之。陳元孝耕田歌云「」~~謙~~（何等）深切著明矣，論何人讀此詩者，知陳元孝能悅農民，亦必定愛農民，友，~~□~~（王將）與陳元孝、屈翁山同被稱為嶺南三大家之梁佩蘭，（亦）耕田歌云：「有穀雨春鳩鳴，地脈井水皆有無，此所云耕田胡為乎，此所云耕田（明）為之。壺中有酒，盤中有魚，水中有蒲，此所云耕田胡為乎，此所云耕田胡為乎。堯舜大聖在上治天下，容我巢許在下安其愚，此所云耕田胡為乎，此所云耕田胡為乎。府羿雲子射九日，後使萬世大笑空兩旁，此所云耕田胡為乎，此所云耕田胡為乎。」讀之如見一達官（團練大臉），偏頂補服，高堂

96

耕田歌云：「耕田樂，耕田苦，樂哉樂有年，苦哉不可言，看未五先扶犁，霸牽牛，土氣肥，春已至，農事始，雞未鳴，耕者起，泥泪泪，水光光，二月插秧，三月打秧，五月收花，六月乘黃，再過之田插宙坐，三月打秧，六月薅草，一番三四，九月插得稷稻，迫路畏馬，馬食稻，穿過水畏鳥，鳥則何若，上官又待過不過，昨日取錢令取穀，而情典衣來賣犢，黃犢用力且四苦，屠家明日趣而殷。」

97

皇戰士犁倍之手掐，指胼手胝足之農民而認之
曰「此耕田鋤禾」，今人悲忽快生，直前捽之於
地，揭其下裳，援之三百，夫六覺堂之詩，以栽術論，
[illegible]誤謂之遠芳於道，接[illegible]獨施，幽其僻位，窮不
得此於[illegible]於之於日月，則志奉爲之也，
燴

舊詩壞處，在羼雜功名富貴等之穢惡念頭，
今人喻道，新詩雖無此等污點，[illegible]一種支
配態之流露，則與功名富貴之要相當，
如惟抱論文章於陽剛之美與陰柔之美，而世
難而未言，余論詩[illegible]詩有靜之美，[illegible]動之美，有
積極之美與消極之美，[illegible]詩然者
莫之足與，則豔其性之所迫，與才力之所至，以爲
明一義可也，古人所謂清詩，即指消極之美，
[illegible]常陣悲弱[illegible]每，余以爲此乃詩之根本病，

98

南社詩話

曼昭

詩之有派，凡以便於稱述而已，然門戶之見太深，入主出奴，固非也；而持模棱之說者，亦往往見其欲兼收並蓄，無所軒輊，則所謂大小高下，如其物之有所長必有所短，不識其物者，乃以為非兼採眾長無以為其所短，衡量各行其心之所安，此貴則行之，舍則避之之說也。取人之所長以補己之所短，此乃真而知其惡，惜而知其美之說也。此二說尤不可偏廢。余前此嘗論作詩，宜知其先人。樸誠兒之覩嘗甚深，樸誠生平最不喜東坡詩，以樸誠詩派於后山為近，其嗜好固也，然執信亦然，於東坡不但惡其詩，且惡其文，且推其所惡，以及於老杜，嘗問少年為議三蘇之詩文為惡逆，蓋后山詩派以深刻為尚，

99

為東坡之汎濫，以為學之者流於輕率淺滑也。然執信之父執陶子政先生，則極推崇東坡，其題梁節庵讀蘇文忠詩一首，推崇之甚至。然子政則固非東坡詩派也。子政與樸誠為摯友，同治詩古文，一時朋輩對此二人皆折服，子政與抗行。樸誠先沒，子政為文祭之，且輯其詩文而為之序，讓之人念然增朋友之重。樸誠之詩文精悍廉折，如干將莫邪，凜凜照人；子政之詩文渾厚深穩，如琳琅美玉，藹然可親，其文之意度氣息，與劉子政、曾子固、張皋文為近，而其詩之一種儒雅蘊藉之氣象，則求於古人中尚未得其比擬也。樸誠生時，與子政論詩文，所見不盡同，而互相推

100

3

尤於其不同之見各有一、又不逾其論蘇詩即
其一例也、余平生傾倒蘇黃、道於標
格、於其論詩以標格頭氣未祖、蓋每
讀蘇黃詩、輒如在光月霽風中、不自
余於標格之論蘇詩、而不能契、而於其論黃詩則不能無
覺其詩平躁釋矣、其詩派、實為一般僵調
余於六之論蘇詩、亦復左袒子瞻
者依舊頭棒喝、既作詩則已、作詩則不遠、不
其可用一番苦吟工夫、惟陳言之務去、
其難哉、以文為此為詩尤然、辛艱深、
句膚淺、其字不少佳作、看似平易若其
實自艱深中來也、南社詩人林庚白
嘗以詩贊鄭太夷、太夷報以七絕兩首、其一
云、力少於才筆可通神、老覺枯腸精逼
真、喜子能詩通性命、何妨取徑自艱辛、

101

4

自言曾使甘苦人語、然字字皆驚、稱其山谷詩後
者律之以艱辛、自鳴得意、其所為詩、一種橫肩嗜
口瘦硬枯腸之態可掬、令人悶笑、須知
艱辛不難、難在艱辛之後以平易出之、
此則其終為太夷更進一解者也、

102

上次「秋平蹤釋」誤排為「秋手蹤釋」，請更正。

南社詩話（廿九）

兆銘

叢論新舊詩體之異同，蓋其所異不但文言白話之問，更在新體詩從歐洲脫胎而來，歐洲詩體亦分新舊兩種，新體詩以打破舊體詩之形體，以標新異，然即以舊體詩而論，亦與吾國詩作異趣，大抵歐詩淋漓盡致，異於吾國之樂府歌行，吾國詩則賦比興滲作具備，要是比興為多，詩三百篇，國風強半比興，雅頌則賦，論其巧拙，則國風為優，例如「予羽譙譙，予尾翛翛，予室翹翹，風雨所漂搖，予維音嘵嘵」，其聲哀，其辭苦，「正月繁霜，我心憂傷」，縱千百言，不能敵此數句之動人也，故吾國之詩，實以含蓄不盡，意內言外為主，如雲中飛龍，偶見鱗爪，如鴻冥天外，微聞嗥唳，

103

杜工部一家，以格體見長外，殆皆由此道也，以此種作法，移於新作詩，未始不可，然新體詩脫胎於歐洲詩體，此種絃外之音，於歐洲詩體，非其本色耳，

數百年來，填詞者知尊夢窗，知學夢窗，而真得其神髓者，惟朱古微，作詩者知尊山谷，知學山谷，而真得其神髓者，亦惟黃晦聞，晦聞之詩，美不勝收，其人格亦儒雅，曾一度為廣東教育廳長，昧於教育廳長之方略理，遂有詩人廳長之譏，此由當道者之用違其才，未免可惜耳，

晦聞為北京大學教授，極叨適之作新體詩，每與論及，論生及，情之然，見於顏色，而叨適之癖，亦相持，此如

104

3

兩班門下戲衣中發噱，中路作蝴蝶門鶴
鶴門蟋蟀門雞，門牛，偶人發噱，……
也，其思意有足多者，
適之初作白話詩，如「六年作我不相見，見時在赫貞
江邊」，全首聲調格律，純然七古，所異者用白話
耳，余早知其未能擺脫此體，前人已有為之者，
鄭板橋，我民族報曾載廣州白話詩兩
首，一為試帖五言八韻，題為張良椎秦，一為七
律，題為項羽垓下，白話詩之提倡，何得以適之
為鼻祖乎，
廖仲愷之兄鳳書，亦曾以廣州白話為七律十餘
首，題為讀漢書，其詠范增云「老貓燒刺鬚
條鬚，悔恨當年識錯渠，溜水馬騮唔

105

4

過頭，燒泥菩薩點能扶，明知屎計多嘅噃，
重想高番再擲鋪，一自鴻門張踏過，神仙有
篋也難箍」，又詠高帝云「用到軍師屙尿、
做成皇帝笑依牙，項王已自烏江喪，邊個同
渠搦手瓜」，較之「既然摩訶年皇帝，何必
頻輪殺老婆」，真可謂異曲同工，鳳書又有
句云「風車世界拉拉轉，鐵桶江山慢慢箍」，竟
是名句，
寫實派不問甘苦香臭，總以寫實為主，余曾
見一絕句，詠江干風物云「一堆欖核一堆沙，又有
柑皮又蔗渣，忽聽船邊橋板響，丁冬一響
屎頭瓜」，可謂妙於寫實，勝一般異常大觀
多矣，蓋觀觀人家淋屎車，與觀觀人家廁上車，
實無以異，而文字在廁上，實較有風味也，

106

二十　南社詩話　　兆銘

南社諸人多治舊作詩，對於新詩，意見尚未一致，余以為新舊詩不妨並行，舍此言則故為折衷，蓋詩之應出新舊，猶衣之與食也，與其息爭，不如激之使爭愈烈，以其成績亦愈速，歐洲今詩壇新舊作詩尚且爭不已，而畫展覽會新舊派畫亦如是，鹿死誰手，畫亦中原，不知鹿死誰手，新派畫之奇者較為國也，新體詩尚有進，

陶者毋少見多怪耳，

去歲余向滬上晤陳壁士論新舊體詩，其意以為新體詩不可入舊詩詞字句，舊作詩亦不可入新名詞字句，余以為盡然，詩但論其氣韻體格如何，字句融化，實非甚難，其度也。人境廬詩，多以新名詞入舊詩中，換，見其佳者，輯見其妙，即如馬君武縫衣女詩：縫衣復縫衣，雜聲起前廚；縫衣復縫衣，星光照窗帷；一針復一針，依然入懷抱；縫衣未敢停，但當此絕好舊體詩，五則可例閱同教國女羅

107

不可嘆耶，教復如何，有如戰時軍，則極慘烈纏綿，路矣，蛇君武所作亦有過於者，嘗記其賀高劍公新婚詩，意大利婦夫當婦英才者，要要，剎我花英雄豪語，社會有分子，分子之中有分子，演孫未造新家庭，修字新國徒為甬，高劍公五言此理，自葉華樹梅花應造新家庭，自陶將我祝劍公，並祝劍公歸，澄清天下從一字改革社會始解放，此則期期以為不可矣，此高劍公以讀書為國家設其非嶺南臻小蓄畫，高劍公也，讀者得辨之，

108

南社詩話

曼昭

陳樹人金陵雜感絕句五首，作於十六年九月間，所詠中有人呼之欲出者，其第四首云：「無郎居處憐三妹，好色英雄說故侯。寂寂青溪秋月夜，何人為撥細箜篌。」自注：「異苑云：『青溪小姑，蔣侯第三妹也。』干寶搜神記云：『蔣子文嗜酒好色，漢末為秣陵尉，吳封中都侯。』」其時禍水未萌，而溫嶠之犀已無幽不燭，是謂詩史。

陳之博而其作詩，備於寒綠吟草，見其嫵媚。樹人越自金陵回復之杭州，兩絕句，其第二首云：「楚尾吳頭意興闌，不堪描是破河山。金陵氣落西湖軟，憐煞詩人著筆難。」此其甚，詞旨激越，令人驚聳。

金陵之氣落，人為之也。壞於弘光之出走，再壞於太平天國，弘光出走，而陪都有黍離之感，太平天國崩壞，

109

2

而金陵黯然無色矣，最近十六年以南京為首都，宜有蓬蓬勃勃之氣象矣，然大盜竊據，羣小跳梁，猶憶章太炎於此代將士寫悼念中山聯云：「羣盜鼠竊狗偷，死者不瞑目；此地龍蟠虎踞，古人之虛言。」上聯識矣，下聯金陵實任過，於太炎之言誣蔑甚矣。

金陵之氣落，人實為之，而西湖之軟，則出於天然，軟不足以為病，西湖病也。姚姬傳論文章謂有陽剛之美，有陰柔之美，山水亦然。「仰見突兀撐青空」，此山之陽剛之美者也；「江山平遠入新秋」，則山之陰柔之美者；「江間波浪兼天湧」，此水之陽剛之美者也；「水光瀲灩晴偏好」，則水之陰柔之美者，其人宜展其懷抱以與天然之美，渾然融洽，剛健篤實與

110

了
兼收而並蓄之，
從柔致厚，固非作如是相依者，且
和平而未能，命非惟華而相得並新，盡人類心理者，以
將于世共激並乃事勢迫之不得不然，勝之法，
乎波濤，受風雨而浪，遇石而成瀾，此得之也，有菩薩
心腸，乃能有金剛面目，革命黨人當具此心懷，舉
遍示男兒，目相向，如能事哉，
除樹人韜光晚歸句云：「夕陽江邊萬竿青，」真寫得
出韜光勝處，

111

南社詩話

曼昭

邵懿微來書，慨於南社諸人晚節有虧，以為依何懷舊，事可不忘。噫，其言過矣。以團體經若干時代，其不能無新陳代謝，理所固然，中國之民黨且不免，況於黨中之一種文學結社耳。當末革命運動，其關於宣傳者，可分兩大潮流，其一源於吾國古學，所謂「抒懷舊之蓄念，發思古之幽情，光祖宗之玄靈，振大漢之天聲」，此吾國固有之民族思想，非假外求者也；其二源於近代文化，蓋自歐洲十八世紀以來，革命思潮震撼世界，民主政治、社會主義，相繼並起，為吾國所吸收外來者也。其前者則章太炎實執牛耳，論樸學則繼承梨洲、船山之緒，論文學則前山之考之遺也，民族革命思想灌一般革命黨人，遂出所舉為詩詞，以作史百字，中清末獨闢境界，所撰著為韻章林崇黎洲且夫之新的詩而前山元者之思，其在後者，則孫中實提挈之，迨民報出世，以兩大潮流匯於江河之奔流，入

112

2

海，蔚為巨浸焉，至於變節諸人，則於此潮流中之泡沫也。至於變節諸人中所最痛惜者，無若劉師培，字申叔，號光漢，幼年即承家學，屏絕帖括，專精經史，旁及諸子，周秦諸子，其著述見諸國粹學報者，綜合可數十萬言，闡於民族革命思想之功，不在太炎下。詩文見於南社叢刊者，斐然如蜀錦之絢爛五色。清末經生少華詞，而治史學者往往不明訓詁，申叔乃兼之，及太炎主持民報，申叔亦來，太炎以民報闡於民主政治社會主義之部分，而用申叔政力於吾國固有民族思想之闡發，其於申叔所為文，尤為稱賞，則與太炎講論國學，兼治內典，精思創見，每為太炎所折服。太炎年長，亢傲，獨於申叔，則虛懷受之，嘗稱申叔為今之孟子荀卿，推服至矣，無幾申叔竟為諸方所收買，民國以後，更淪為袁世凱之門下客，劉氏列名于籌安會六君子之一，為

113

3

天下矣，若和晚頹，閉門思過，抑抑而死，晚節如此，可恨亦復可哀，南社變節諸人，令人心痛者，此君爲最，至於吳毅恆等，~~[illegible]~~，游蕩不學，欺世盜名、何足算乎，

114

南社詩話

曼昭

湖南志士多自殺，而自殺大都沈水者，孫中山先生嘗謂
此屈原之遺風，理或然也。革命運動以來，湖南志士
之沈水自殺者，如陳天華，如楊篤生。陳天華湖南新化
人也，己巳與黃克強同謀[illegible]於東京，倡革命，陳撰
鄉音，[illegible]於文字不甚通，而潛心翻譯，讀書甚勤，[illegible]
[illegible]念大哭不
已，孫公及克強[illegible]其性情哀惻，皆為所感
此，民報既創刊，其文為撰述之一，所撰有
「論中國宜改創民主政體」及「中國革命史論」等
篇，論以男女都當取得[illegible]學生事，感憤[illegible]遂
赴大森海濱自沈，其遺著惟[illegible]一種，惜哉惜哉，

115

2

徒其志[illegible]為挑宏業[illegible]謀創立中國之學，收容
[illegible]學師範學生[illegible]
[illegible]江死，徒宏業者為楊篤生，初[illegible]
[illegible]恒[illegible]憤[illegible]日夜[illegible]留學英京，自恨年長，學
外國語難，[illegible]因而益[illegible]
遂得腦疾，其友人章行嚴等勸以休息，不聽，[illegible]思
赴利物浦蹈海死，行嚴嘗記其事[illegible]
以京[illegible]改正事[illegible]被捕[illegible]已黎楊林[illegible]
回志皆震動，[illegible]在已黎，以[illegible]
全[illegible]數相對歎[illegible]篤生[illegible]
亦不語，[illegible]死志決矣[illegible]篤生為同[illegible]
[illegible]遂[illegible]不能自制也，
[illegible]與楊度同受
[illegible]

116

3

業於王壬秋之門，於門弟子中最著名，號二楊，度初主
滿洲君主立憲，繼且倡為洪憲帝制，篤生弟叔
之物，篤生地下有知，當唾之不已，篤生詩集
在黨人中，名最高者為陳天華，而文學造之，詩華
所為詩，華氣骨清
峻，蓋湘綺宗，而格氣音，則湘綺所無，悽抱佚然也，其
詩稿皆存，行嚴嘗欲纂輯
而刊行之，行嚴作史，此事後之忘卻，勿恨此五子，
於蘇曼殊多矣，
安徽程家檉字潤生，日本留學生中，提倡革命最早，
與張溥泉同時，其不悅學，喜狎日本婦人，亦異同
溥泉，後聘為京師大學教授，將去之，此京，民報同
人醵資設酒餞之，酒酣，潤生起而為留別之辭，

117

4

儂又曰，我今去此京，好為廬山行，做出來，給你們看，
痛快痛快，此詞雖粗率，而氣則壯厲，
忽攘臂言曰，我在日本多年，有一大功也，有一大罪，有大功
是提倡革命，大罪是好狎日本婦人，云云，一時譁然，
及至此京，居久之，懷無所成就，然民國三年間，者也，
大瞻救國，所感觸，乃表其說，
膽裂，事敗無成，而為之一振，
革命黨人精神，
至其事者，潤生也，潤生遂以此殺身成仁，嗚
呼，潤生真不謂不廬山行矣，潤生儀
表甚偉，篤嗜美髯，不搆文學，而於南社贊助
甚力，嘗曰，你們做文章去，我拿錢出來，之共
說話明瞭，踔率而類如此，

118

南社詩話

曼昭

中國革命同盟會中人，事孫公如師，而黄克強則長兄也。孫公幼治英文，習醫學，既致力革命，則更專精政治經濟之學，尋及輿地，惟於文學則頗不措意，偶為中文書札，取達意而止，不求工也。及民國八年，自屬稿孫文學說，始感覺文學之必要，乃選讀史記、漢書、古文辭類纂等讀之，每屬篇文，檢之不能下筆時，必瀏覽古人傳作，未幾，命筆沛然，無阻滯矣。故孫文學說文辭斐然，此固由孫公天縱聰明，亦其力學使然。惟於詩則未嘗作，一日聞精衛與執信論詩久，

119

2

笑曰：「我嘗作十首詩矣，其辭曰：『我有一首詩，天下無人知，有人來問我，連我都無知。』」其風趣如此。克強則不然，日以善化秀才出身，從肄業兩湖書院，後力革命，後留心武事，而於文學嗜之甚篤。辛亥三月二十九之役，斷右手中指，元年在南京留守府，復為電風扇傷及右手無名指，因後作書，惟恃拇指及中指，然筆意瑰麗，嘗取黄遁園序中國革命記中，挽詩先後詩詞各一首，去先序彌足珍也，錄之于左：

中劉道一詩云：英雄無命哭劉郎，慘淡中原俠骨香。我未吞胡恢漢業，君先懸首

120

5

看吳兒嘶嘶，亦不知何意緒，嶺南有光
明在，人才思國士，萬方多難立君邊也。」道一
曲撥一弦弄出撥一曉節，悅然亦多矣。道一
死於丙午萍鄉醴陵之役，此為中國革命同
盟會成立後第一次起義也。孫文學說有云：「
當萍醴革命軍與清兵苦戰之時，東京之會
員莫不激昂慷慨，躍躍欲試，恨不飛渡內
地，身臨前敵，與虜拚命，每日到機關部請命
投軍者甚眾，精衛嘗謂此則多痛哭懷淚以為
求死所而不可得，甚矣其悲也。」此實當時情
景。萍醴戰役，革命黨人前仆後繼，前後不絕，
真可哀矣，寂情雅然傳也。
調寄清平樂云：「華舸天風吹客去，一段
新秋，不誦新詞句，聞道高樓人獨住，感

121

4

懷寧有誰臨賦。　昨夜晚涼添欲醉，
夢枕驚回，猶自思君語，不道珠江行
役苦，祇憂博浪椎難鑄。」
附以本事云：「炸殺鳳山之革命少年，記中
賃居小樓一間于廣州城中，克強以八月二十七
日赴鄒，過廣州，往晤少年，贈以此詞」
云云。所謂少年乃李沛基，其時僅十餘
歲，既炸鳳山，幸而不死，孫孫由屋瓦下，人見其幼
小羸弱，以為隣家避難小兒，無疑之，都逢
得免。民元以後，官費留學美國，得工程師
回國。此一段驚人之事，沛基語黃余曾於深夕事
隔二十餘年，余不妨表而出之矣。記謂克強
過廣州往晤少年，不獨克強當年三月二十

122

5

九日在廣州兵敗、負傷為人所擄、至香港就醫、以後不復得至廣州，請基扎克佛揚趕鄰時來港送別，並告以所志，克佛舉、忽見故別，後於舟中寫此詞耳，報詞語云云，意至明也、

123

又案此詞首蝶戀花，記誤為清平樂，附正于此，

124

1

南社詩話

曼昭

遐庵出其近聞君寄示楊篤生遺詩，此所錄詩之一云：「蹉跎不遂稍風塵，獨獨楊雲無佩刀，歌哭等閒見慣，亂山荒戍向人高。」辛丑歲暮題儀鳴少新云：「行吟自笑五噫狂，僅塞胸儲有盡光，一事如君差足慕，斫頭瀝血為翱翔。」其二云「已分要離共一邱，孩童俄然入吳舟，寄寒浮梗如相憶，黃浦江東碧瀨頭。」其三云「叢劍崢嶸破龍泣，徒歌哭漫相從，此平不作牛衣泣，應解兒夫意未慵。」步華生先生韻云：「去國意未甚，回頭黃岡喑，津梁鼓未鳴，漸獅動擊思，世事真難說，予心不

125

2

可移，平生懷抱慣，寧與白鷗期。」讓此數首，以見其人，蓋篤生性情肫摯，哀樂過人，故其緒露言表如此。遐庵君謂「此數首錄自甲寅雜誌第一卷第三號。」並謂「同卷第四號有楊篤生手寫遺詩十餘頁，容後寄呈。」尤為感慰，余夙知篤生遺稿，都在章行嚴處，於甲寅揭露其一部分，當時一閱，猶可知味，究以未窺全豹為憾。而刊布之責，不能不屬行嚴，並願行嚴自省近年所為，致足以對篤生，古人有言：「要使死者復生，生者不愧。」行嚴其深思之矣。

遐庵又謂劉師復向未知其作詩，但其少

126

3

年時代，在香山追悼馮夏威陳天華嘗作
一聯云：「亡華事諸向，亦大有人，痛殺了第
一聯云：亡之實此聲矣，蜀綠臨目支那本部內，
先收吾土，嗚哀哀亡國，問我輩具何面目來
賊招魂，」雖當時思想尚囿于國家主義中，
而聯固自佳也云云。又謂：「亡華事諸向，亦大
有人，指吳樾炸五大臣事，蓋其時正幕
義生未久也，
嗟夫，故人往矣，一聲一歎，猶殷於耳中，
髣髴遇之，說為其精神所注，形於文字者
矣，
廷園所謂當時思想尚囿於國家主義中云云、

127

4

余乃論無主，當時革命黨人思想，不出下列
三種範疇：（甲）其一，只知民族主義，不知其他，章太炎
孫少裔其代表也，（乙）其二，民族主義之外，尚有張民主
主義，（丙）其三，民族、民主之外，尚研究社會主義
黨人，以甲為多，乙次之，丙則寡矣，
戴季陶以種族、自由、民權等——曰一民二民三
民，並季陶且以則評中民生說不合矣，當
時而復在辛亥以前，其思想不越民族民主，
民元以後，始力于社會主義，蓋其定心平靜天
資英偉，實使之然，所探討者為無政府主
義，但所得為其他之數書籍其中，
義，非孫子之民生主義也，吾人有此種立場，故民
元以後為無政府主義而來，民十三以後為
共產主義所來，今則共產黨渭已

128

5

明，而無病呻吟則淵伏於中於坎，幸而所謂吳殷旅

者等呼號其於無病呻吟主義，不過視為一種清

談，[illegible]在本國左右[illegible]萬淡

以在社會上猶清高之名，及在本國左右，[illegible]

自拔身價[illegible]空，[illegible]無病

堂之高化為堂，其為害豈不下於黃堂！

化，不過國人相習為己久，遂恬然安之

耳，此當為而後知不及料也。此本刊詩話

範圍所能詳及。

129

南社
曼昭詩話

曼昭

嘗見南社以甲寅寫第一卷第四号見示，楊篤生手寫遺詩數首在焉，低徊吟誦，萬感交集，移錄于左

以上篤生留學英倫時所作，其手跡現在余所藏處，他作亦出，所藏僅此部分，影印於甲寅雜誌，而佚其餘，此未足以對死友，尤未足以饜讀者之望也。

篤生績學勵行，而不勝衰世之感，竟從屈原之後，一時朋舊皆痛惜之，南社諸子哭篤生詩甚多，散見南社詩集。篤生

130

殁後，其兄德鄰亦為袁世凱所殺。于右任民國四年書感詩云「蹈海誤歸尚浮雲，義傳仰敵注湘靈，阿兄殉國全家燼，老母扶尸不忍聽」注云「伯兄楊守仁篤生，其兄為德鄰，字性恂也」。民立七哀詩第一首云「不遑將母去投海死，以為家死伴先地，老天荒誤返原草萬師（？）友哭先生也」自注云「長沙楊守仁篤生也」又云「君母尚在，先德鄰為袁世凱所殺也」。嗚咻，篤生家世，殊足哀矣。

131

十七

南社詩話

曼昭

在民報未出世以前，革命黨之文字，最有力者為鄒容革命軍，及章太炎駁康有為書，鄒容章太炎以此下獄，鄒且瘐死獄中，民元以後，張溥泉等搜尋得其墓，[illegible]為特為表彰，坏土未乾，山河已改，嗚呼，威丹有知，亦可瞑矣，黃廷闓讀章太炎外紀，抄得威丹遺詩一首，附以太炎詩話，波瀾詭物，錄之如左，

132

以上二則為廷闓所錄，全取以實詩話，猶憶丙午之歲，太炎期滿出獄，民報同人遣仇式匡往迎之東京，同人以為威丹少年且瘐死獄中，太炎當瘦削皮骨矣，及相見則體甚肥胖，且言語啞啞，乃大喜過望，以為此當佛之功[illegible]越數日開歡迎會於錦輝館，歡迎會[illegible]通告有[illegible]造[illegible]以塔越聽益加豐等語，章行嚴年少筆也，數月以後孫中山自歐洲至東京，與太炎相晤，[illegible]甚，既而[illegible]歎曰，我視太炎，體氣[illegible]加於前，然精神[illegible]康悍則大不如矣，以太炎復出之事視之，孫不真知言也，

附錄

附錄一：《南社叢選》序｜汪精衛

汪精衛曾替《南社叢選》撰序，全文可見1923年第30期的《國學週刊》

中國之革命文學，自庚子以後，始日以著。其影響所及，當日之人心為之轉移，而中華民國於以成，此治中國文學史者所必不容忽也。近世各國之革命，必有革命文學為之前驅，此革命文學之采色，必爛然有以異於其時代之前後，中國之革命文學亦然。核其內容與其形式，固不與庚子以前之時務論相類，亦與民國以後之政論絕非同物。蓋其內容，則民族、民權、民生之主義也。其形式之範成，則含有二事：其一根柢於國學，以經義史事諸子文辭之菁華，為其枝幹；其一根抵於西學，以法律政治經濟之義蘊，為其條理。二者相倚而亦相扶，無前者，則國亡之痛、種淪之戚，習焉已忘，無由動其光復神州之念；無後者，則承學之士，猶以為君臣之義無所逃於天地之間，無由得聞主權在民之理。且無前者，則大義雖著而感情不篤，無以責其犯難而逃死；無後者，則含孕雖富而論理未精，無以辯析疑義而力行不惑。故革命文學，必兼斯二者，乃能蔚然有以樹立。其致力於前者，則有《國粹學報》、《南社集》等；其不懈於前者而尤能致力於後者，則有《民報》等。舉此為例，凡當時革命之文字，勿論為單行本、為月刊、為日刊，皆可類推焉。革命黨人所能勇於赴義、一往無前、百折不撓者，持此革命文學以自涵育，所以能一變三百年來淹淹不振之士氣。使即於發揚蹈厲者，亦持此革命文學以相感動也。中華民國成立以來十有二年矣，治未可致，而亂且日甚，說者有謂由於革命文學之徒事興奮以致僨張者。愚則以為，士氣委靡如此，患不興奮耳，何僨張之足云。士之大患，在於見利害太明、好議論人長短而不務實踐，此小人無忌憚之資也。惟拙樸勇毅之革命文學，始足以矯而正之。故愚於今日，惟革命文學不能普及之是懼，且將努力以增益其所不能，使革命文學不惟普及、且日以進步焉，此誠革命黨人應有之責也。南社諸子，以氣節文章相尚，其在當日，皆能皎然不欺其志。比年以來，喪亂弘多，遂稍稍有變節者，譬之於樹枝葉黃落，亦新陳代謝之常，執此以訾其根本，適自承其傎而已。嗟夫，死者已矣，其精神所寄，存於文學，常能發其光焰以為後人導；其猶生存者，則負中華民國之重以前趨，不達其所新之境必不蹶然以止，庶幾所謂死者復生生者不愧者歟。吾友胡樸安為《南社叢選》既成，屬為之序，因以所感。質之樸安，以為何如。

附錄二：彭湘靈致曼昭函

此信原為汪家後人舊藏，原稿現存於胡佛研究所圖書檔案館

曼昭先生：

僕少而為衣食所驅，奔走他鄉，於詩學一道從無涉獵，工餘之暇，間讀昔人詩詞，但多枯燥無味，輒廢然而止。近覩尊著南社詩話，活潑興奮，富有革命性，閱之津津有餘趣，受益良多甚感。

研讀卅八續述吳烈士殉難事為之歎腕不置，憶昔年曾見某刊物載烈士七律三首，僅錄以奉呈，或可於大著有些微之參考也。撰者並言最愛其「五夜雞聲，一時屠狗」句，惜僕善忘，已迭此君之大名，未克一窮是詞之全璧為憾耳。此頌

著安

僕彭湘靈敬上

十九，六，四日

附吳綬卿烈士詩三首於後

《琿城閱兵》

冰天夜靜鏡新磨，陣陣寒風渡織梭。秋塞淒涼閨閣淚，胡笳悲壯海天歌。迷離雪徑行人少，重疊關山旅雁多。臘鼓驚心催歲暮，音書目斷白狼河。

《潼關望黃河》

走馬潼關四扇開，黃河萬里逼城來。西連太華成天險，東望中原有刼灰。夜雨淒涼數知己，秋風凜烈成雄才。傷心獨話興亡事，忍聽南飛塞雁哀。

《己酉守歲》

十年泛宅復浮家，萬里遙風拂鬢華。未必出山終小草，何辭傾國對名花。浮蹤自笑風前絮，好句誰籠壁上紗。結習年年忘未得，吟鬚撚斷手頻叉。

附錄三：曼昭汪精衛同為一人——「南社詩話」手稿的發現｜汪威廉

美國伊利諾大學、加州大學退休教授汪威廉博士曾於《明報月刊》2013年12月號撰文敘述他從手稿探討「南社詩話」作者的過程，及其曼昭就是汪精衛的結論。

1990年代初期，我在美國加州史丹福大學圖書館看過一本汪精衛《雙照樓詩詞藁讀後記》，贈書人何孟恆（音譯）或即撰述者，也是汪家親屬。序文寫道：「到後來先生病勢沉重，林柏生入見，先生就特別指出政治見解都已見諸已經發表的演講和論說，唯獨詩藁最能代表他的心事……我們可以領會到先生逐漸增加對自己詩作的重視。」接着，又說：「我把自己的閱讀札記匯集起來，並不敢說是雙照樓詩的詮釋，不過把抄錄下來的逐題列舉，希望替後來的讀者節省一點翻檢的時間而已。」名曰「讀後記」，實為註解。這1990年手寫的油印本，只有薄薄一冊，內容和篇幅都很有限，但它是「雙照樓」遺稿罕見的早期注本。我一直希望有人能把這個工作繼續做下去。

二十個寒暑過去了，香港天地圖書公司的《雙照樓詩詞藁》注釋本（汪夢川注、葉嘉瑩審訂，2012）終於出現，它的底本是1945年「汪主席遺訓編纂委員會」刊本。余英時教授的長序指出，汪精衛本質上是詩人一個，不幸跳進「烈士」的火坑，注定了在權力世界中悲劇人物的命運。重讀這些遺稿，就是「要把他搬回詩的世界」。詩為心聲，這段話跟油印本作者的意思是一致的。最後，余教授引述汪精衛在1923年寫給胡適的「一封論詩的信」，還強調說：「這封信似乎還沒有受到注意，但它讓我們看到在純粹詩世界中的汪精衛，這是很可珍貴的。」

汪精衛致胡適信説明兩點。其一，「到底是我沒有讀新體詩的習慣呢？還是新體詩，另是一種好玩的東西呢？抑或是兩樣都有呢？這些疑問，還是梗在我心頭」；其二，「我以為花樣是層出不窮的，新花樣出來，舊花樣仍然存在，誰也替不了誰，例如曲替不了詞，詞替不了詩。故此我和那絕對主張舊詩體、仇視新體詩的人，固然不對，但是對於那些絕對主張新體詩抹殺舊體的人，也覺得太過。」處身於新舊文化思潮拔河拉扯的「五四」時期，必須要有深厚學養和開闊胸襟，才能抱持如此平允坦誠的見地，難怪余教授對它那麼重視了。

汪精衛長子藏曼昭詩話

一位作家寫詩及其詩論，原是分不開的。我從論詩信不由自主地想起「南社詩話」這部筆記形式的回憶錄來。依我個人意見，那本書也是「雙照樓」主人汪精衛的作品。

幾年前，《黃金秘檔——一九四九年大陸黃金運台始末》作者吳興鏞教授給我一份完整的「南社詩話」影印本。這些塗塗改改的手稿，是現住美國加州長堤的汪文晋（亦作文嬰、孟晋）老先生親手交給他的。稿本作者署名「曼昭」，乃其尊翁汪精衛。不過，這次我讀天地新注本，發現《為曼昭題〈江天笠屐圖〉》一詩解題，注云：「曼昭：真名待考。著有「南社詩話」。」（頁323）再看看周世安先生所撰《不負少年頭——汪精衛雙照樓詩詞稿揭秘》（台北，新銳文創，2012），他根據的兩個底本是1929年上海出版《民國叢書》中的《汪精衛集》，及日本黑根祥作編輯的1941年北京版，沒有包括《三十（1941）年以後作》一卷。全書找不到為曼昭題畫詩和任何跟「曼昭」有關的資料。記得2009年台北里仁書局出版《南社文學綜論》專題研究，對「南社詩話」的作者問題也未加深究，更談不上解答。看過兩本新著和「南社詩話」手稿後，我不妨也寫點個人的意見。

柳亞子肯定汪精衛

南社之名，靈感得自明末文士集團「幾社」、「復社」。南社是清末一個揭櫫「文章氣節」的文學社團，汪精衛很早就加入。早在2006年，汪夢川先生《汪精衛與南社「代表人物」說》一文，就引證素有「南社靈魂人物」之稱的柳亞子對汪精衛在該社的重要性和影響力加以肯定。此文隨後被收入中國人民大學複印資料《中國現代．當代文學》，廣為流傳。汪精衛跟「南社詩話」作者曼昭的關係，關心的人也更多了。民國初期，中樞政要全屬南社成員。柳亞子曾說：「請看今日之域中，竟是南社之天下。」但好景不常，內訌迭起，1923年以後，南社的一切運作就停頓了。「新南社」的成立，完全脫離原有體制。1989年5月4日，國際南社學會宣布成立，總部設於香港。翌年，中國南社與柳亞子研究會在北京成立。目前廣東、江蘇、雲南、上海各省市皆已組成南社研究會。柳亞子的哲嗣柳無忌教授生前擔任「南社叢書」主編。1997年中國人民大學出版《南社詩話兩種》，即屬該叢書。

《南社詩話兩種》，作者分別是曼昭與胡樸安。胡樸安是一位著名的學者。1909年南社在蘇州創立後，胡氏三昆仲（兄伯春、弟寄塵）相繼入社。曼昭是誰的筆名呢？至今沒有定論。現在我們持有「南社詩話」手稿，掌握着曼昭的筆迹。假如能找到汪精衛「雙照樓」詩詞的任何親手筆迹，加以對照比較，不就是很好的線索嗎？

天地版注本〈後記〉列出《雙照樓詩詞藁》各種版本，其中「最早有曾仲鳴編輯本」，是1930年民信公司出版的線裝書。曾仲鳴作〈跋〉大量引錄《南社詩話．汪精衛》原文，指出坊間汪精衛詩集版本「均多訛字，不可勝校」。其實，此線裝書仍有不少亥豕之誤，倒是1940年香港藍馬柯式印務公司承印的「非賣品」版本較佳。我手頭這本「非賣品」，從擴增篇幅收錄《三十（1941）年以後作》一卷和版面新穎看來，很可能是香港親汪精衛人士後來私印傳閱的。也許它基本上是線裝書的增補重印，收錄版本最全的天地版竟把它漏掉了。

對照不同版本的「南社詩話」

香港在戰時是一個很特殊的地方。這個「非賣品」算是一條「漏網之魚」、一本「內部刊物」，具有紀念性質。書皮呈深綠色，首頁大大方方地蓋上大紅「雙照樓印」陰文圖章。更重要的是，它有兩張汪精衛親筆手稿的插圖：1941年以後作品《壬午中秋夜作》詩及《朝中措》詞。這都是其他版本所沒有的。雖然插圖是毛筆行書，而「南社詩話」手稿用的是鋼筆，仔細對照比較，筆迹相同，可見都出自同一寫手。這正符合我所提出的假設條件，直接證實曼昭和汪精衛是同一個人。

間接的證據，至少還有下面幾點：人大版《詩話》以人名為題的二十六條中，《汪精衛》寫得特別仔細。寫自己的事情，當然最清楚。其次，根據《南社文學綜論》的統計，改革開放以來，有關南社的論文專著已超過八百篇。如果說曼昭是柳亞子、胡樸安或其他人的筆名，為何還沒人能肯定呢？這裏不禁要反問：難道柳亞子真的不認識曼昭嗎？莫非因為此人身份特殊不便道破？最後，參考工具書如1989、2002年前後兩版《二十世紀中文著作者筆名錄》以及2005年《中國近現代人物名號大詞典》都已指出「曼昭」是汪精衛用過的十幾個筆名之一。

人大版曼昭《詩話》校點人楊玉峰先生在「校點與體例說明」中說：「「南社詩話」最初發表於香港《南華日報》，署名『曼昭』，後來又連載於上海《中華日報．小貢獻》，而部分內容復於《蔚藍畫報》、《古今》半月刊登載。」又加附注：「《南華日報》原刊未見。根據香港大學馮平山圖書館所藏「南社詩話」抄本，說是抄自一九三〇至一九三一年《南華日報》。」

上面這段文字，説明了要出版這本書，本應利用《南華日報》原版，可是「原刊未見」，只好用港大圖書館收藏的「抄本」。即使正式出書所根據的也只是抄本，現在我們有機會掌握着親筆手稿，真是再好不過了！

那麼，手稿與人大出版的書有何不同呢？一百三十來頁的手稿，寫在無格子白紙上，每頁十二至十五行，每行約三十字。我瀏覽一通，全稿包括三十多則。內容跟人大《詩話》幾乎完全相同。只是人大版有系統地重新編排，並冠以相關人名。凡是「內容蕪雜難定者，則以〈詩論及其他〉統攝」。殿後這則〈詩論及其他〉，文字最長，又極精彩。除了品評個別詩作之外，還討論新舊詩體、詩之派別、詩中動態靜態與積極消極之美、詩言志等問題，又有趣地提出他自己「詩之最醜不可耐者」與「古今之詩何句最好」亦莊亦諧的解釋。

曼昭的詩話，手稿和人大版都有〈自序〉。不同的是，〈自序〉之前，手稿還有一則〈曼昭啟事〉，那是向南社同志説明寫詩話的緣由與通訊地址，人大版則付之闕如。吳教授還提醒我一個重要發現：〈啟事〉和〈自序〉兩頁的作者署名，都是先寫「鑑昭」，「澄昭」次之，最後才用「曼昭」兩字。作者隨意塗改，自由選擇自己筆名的心態，正可證明手稿的原始性和真實性。

此外，人大版〈趙伯先、吳綬卿、鍾明光〉一則，提及吳綬卿三首遺詩，讓他「讀之，故人風采如在眼前矣」。因為詩太長，手稿留出空白。人大書把這些七言律詩全補上了（頁59-60）。同頁手稿末段，人大版移至頁63。

「南社詩話」價值不可低估

1930、40年代時局動盪，曼昭的「南社詩話」一刊再刊，作者的特殊身份固然是原因之一，作品本身的價值也不可低估。1997年，人民大學編印《南社詩話兩種》時，對曼昭真名似有所保留。2012年，兩本「雙照樓」新注本還是選擇在港台地區出版，或非偶然。當然，曼昭或許另有其人，也可能有人冒替，但手稿筆迹的認證，倒是可靠的方法。吳教授一再強調，既是汪老先生提供的手稿，絕對錯不了。其後，又承蒙他傳來2012年9月《東方早報．上海書評》宋希於和陳曉平先生兩篇討論「曼昭」真名的重要文章，我讀後敬佩之餘，更有信心，更衷心感激他的盛意了。

面對這一大疊手稿的影印紙張，它們雖沒有文物古董的連城身價，我卻懷着當年胡適發現《脂硯齋重評石頭記》（甲戌本）一樣的心情。不知道世紀人瑞汪老先生是不是仍擁有原稿，或者他有追蹤原稿的一點蛛絲馬迹嗎？設若有肯定答案的話，那便印證「設若」兩字乃世上最美好的詞彙了。

附錄四：設若成真人生美事〈曼昭汪精衛同為一人〉的確定｜汪威廉

2019年11月11日，汪威廉教授就《汪精衛南社詩話》的出版，再於《中國時報》發表〈設若成真人生美事〈曼昭汪精衛同為一人〉的確定〉。

記得我小的時候，家中長輩說，我們取名應避免「文」字。我想不通，「文」這個字，好寫又好唸，為甚麼不能用呢？難道打架的「武」字才好嗎？長大以後，我略知國家大事，聽過汪精衛這個政壇上極具爭議性的人物。原來，汪精衛家中子女成群，均冠以「文」字為名。我們的閩南家族，跟他們廣東汪氏，涇渭分明。

1990年代，我從伊州遷居加州。華人社區擴大，我交了不少新朋友。吳興鏞教授就是其中一位。有一天，他交給我一疊影印紙張，說是汪精衛「南社詩話」的手稿。他家住長堤（Long Beach），有一位大家稱呼「汪老」的鄰居，就是汪精衛的長子汪文晉（文嬰，又作孟晉）。汪老有一個女兒在洛杉磯加大（UCLA）醫學院教書，她跟吳教授正是同行。當她知道他是父親的鄰居，便請他對老人家多多關照。再者，吳教授的太太也是醫生，會說廣東話。吳、汪兩家時相過從。吳教授對我一再強調地說：「手稿的來源是汪老，真跡是絕對錯不了的！」

後來，我終於寫了一篇〈曼昭汪精衛同為一人——「南社詩話」手稿的發現〉的文稿，在香港《明報月刊》2013年12月號刊出。我的看法是，既是手稿，筆跡很重要。我當時只能找到汪精衛的毛筆書法。這份手稿卻是略為潦草的鋼筆字。經過再三對照與思考，我認為兩個文件的筆跡同出一人。在那篇文稿的最後一段，我寫道：「面對這一大疊手稿的影印紙張，它們雖沒有文物古董的連城身價，我卻有著當年胡適發現《脂硯齋重評石頭記》（甲戌本）一樣的心情。不知道世紀人瑞汪老先生是不是仍擁有原稿，或者他有追蹤原稿的一點蛛絲馬跡嗎？設若有肯定答案的話，那便印證『設若』兩字乃是世上最美好的詞彙了。」

汪精衛雖然是一個政治人物，卻寫了膾炙人口的《雙照樓詩詞稿》。近幾年來，台海兩岸三地，注釋與研究這本詩集的人很多。余英時教授為一注本寫的長序，對汪精衛的詩作，評價極高，可為代表。遺憾的是，署名「曼昭」的「南社詩話」的真實撰作人是何許人，仍是懸案。

我那篇文稿，沒有說服別人，反而招來批評。最明顯的，就是一位雙照樓詩詞稿注釋人汪教授。他那篇〈汪精衛與曼昭及「南社詩話」考辨〉論文，先在2014年9月「第二屆中華南社學壇」宣讀，又分別在《南京理工大學學報（社會科學版）》28卷1期（2015年1月）與《明報月刊》50卷4期（2015年4月）發表。它的重要性及影響力，可想而知。再者，另有一位也是近代史專家的汪教授，美國榮休後，回臺灣執教。有人問他對「曼昭汪精衛同為一人」的意見。他很客氣，只說他自己也見過那些影印紙張。筆跡還不夠，要更多證據。我跟他見過面，也認識其尊翁。老人家平生愛好詩文與書法，熱心社區公益活動。吉人天相，享壽百歲，是我心目中敬愛的另一位「汪老」。

去年有一天，我忽接從紐約打來的電話。何重嘉（Cindy Ho）女士自稱是汪精衛的外孫女，她也有詩話手稿的影印本。她想知道，我的版本跟她家藏的那一份是否相同？如有缺頁，或可互補。我一聽，猶如「Music to my ears」。汪文晉那一輩的人大多老成凋謝了，現在只能靠孫輩。何女士也持有詩話的影印本，豈不算是一條線索呢？經過查對，她和我的影印版本分別來自汪精衛的長女汪文惺和長男汪文晉，同一家族。文惺嫁給何孟恆，何重嘉就是外孫女。如今，何女士主持的「汪精衛紀念託管會」，由時報文化出版《汪精衛與現代中國》六冊叢書，其中有「南社詩話」一冊。

7月中，我收到從臺北寄來的航郵包裹，內有《汪精衛南社詩話（原稿首刊），汪精衛以「曼昭」署名之文學評論》一書。楊玉峰教授那篇〈「曼昭」便是汪精衛，而非李曼昭——「南社詩話」手稿全篇出版序言〉，標題醒目，文長近二十頁，對「南社詩話」的作者引起的爭論，源源本本地暢敍一番，也澄清了李曼昭與曼昭的糾纏。他開頭就説：「「南社詩話」的署名作者「曼昭」是汪精衛（1883-1944）的説法，隨著詩話全篇的鋼筆字手稿的面世，應該可以塵埃落定了。」結尾又重複道：「「南社詩話」鋼筆手稿的面世，證明作者『曼昭』便是汪精衛……。」「曼昭」戴上別人的帽子，兜了一大圈，又轉回原地。問題討論至此，總算有個結論，我也鬆一口氣，更要感謝吳教授當年賜我「珍（真）品」。

這本首刊的原稿包括詩話三十七則，編排方式是打字排版與影印手稿上下並列，互為對照。既保存真跡，亦方便閱讀。附錄照片二十幀，全是汪精衛與南社詩友書畫作品的首次公開。書末附有人物索引，涵蓋現代史上一百多位政治與文化界人士。如此內容極具史料價值，排版新穎，裝潢精美，文圖並茂的出版物，必是藏家之品（Collector's item）。其中有一獻辭專頁（Dedication page），特別寫明此書為「汪精衛紀念託管會獻給何孟恆與汪文惺」而出版的。何重嘉編印外祖父的文叢時，不忘對其雙親表達感念與孝心，實在可羨、可嘉、又可佩了。

此稿起首提到一個不成文的「家規」。隨手寫來，牽涉到同姓人物。汪氏不算是大姓，在此聚集一起，雖是偶然，亦覺有趣。不過，最重要的，還是昔日一個「設若」，如今喜獲印證，真是大大的美事一樁啊！

附錄五：南社人物作品一覽

「南社詩話」提及眾多民國人物作品，本書特此收錄部份成員手跡，以供讀者欣賞，當中包括：

汪精衛兩次手書朱執信〈代古決絕詞〉與〈代答〉

楊篤生遺詩

曼殊《天討》畫作

柳亞子信札

黃節致何庚生信札

陸丹林致何一峰信札

潘飛聲扇面

蔡守與談月色合作扇

鄧爾雅篆書《孝經》扇面

汪精衛兩次手書朱執信〈代古決絕詞〉與〈代答〉

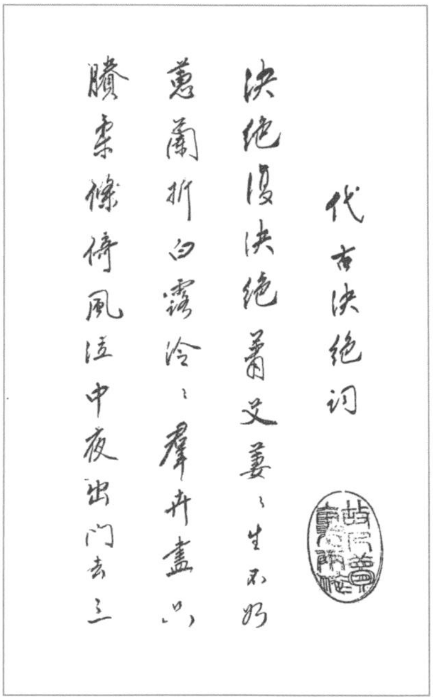
代古決絕詞
決絕復決絕，蕭艾萋萋生不好
蕙蘭折白露泠泠，羣卉盡只
贖束條倚風泣中夜出門去三

好幽蘭寧不潔所存在素心不
向西風弄顏色水流還朝宗
葉落還肥根來歲叢叢有何
有家未繫人生代謝亦如此
當何惜秋萋

步雨徘徊言念同心人中情自
崩摧我心固匪石萬語千言空
只為月光皎皎缺復圓星光瞭
瞭盤復稀月光星光兩澹蕩
欲明未明難唱時美慕江上

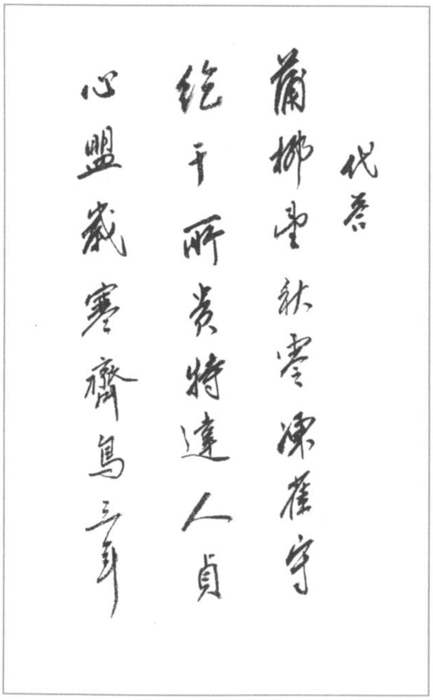
代答
蒲柳望秋零凍雀守
絕干所貴持達人貞
心盟歲寒齊烏三年

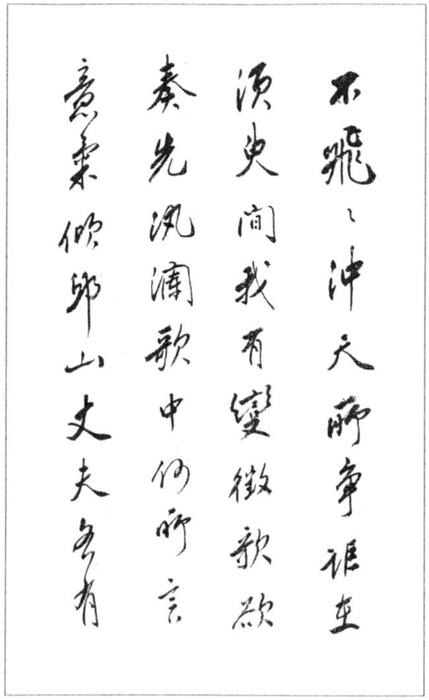
不飛、沖天所爭祗在
須臾間我有變徵歌欲
奏先汍瀾歌中何所言
意氣傾鄉山丈夫無有

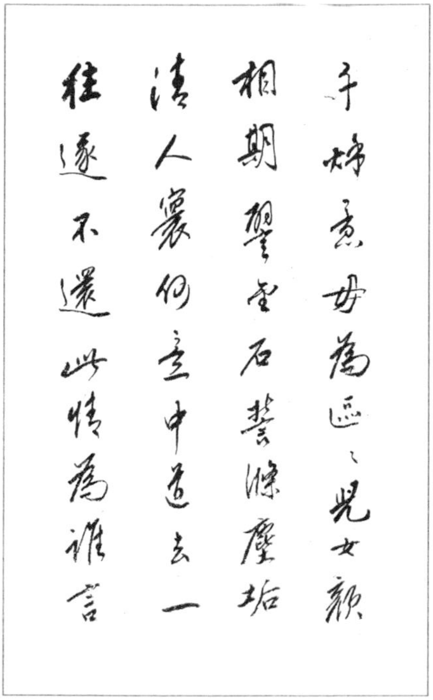
子姊意毋爲遲、見女顏
相期磐金石誓滌塵垢
清人寰何意中道去一
往遂不還此情爲誰言

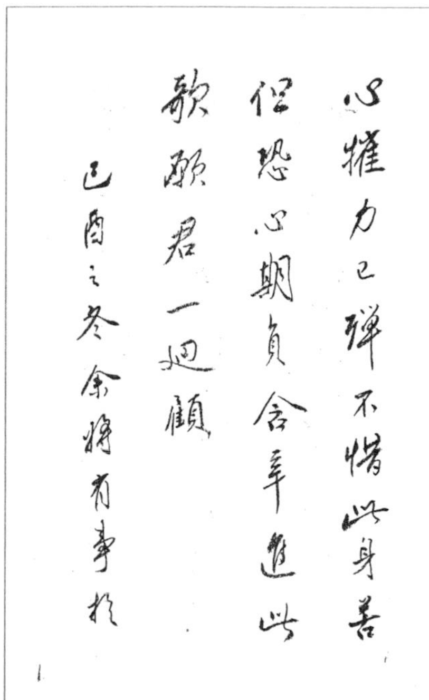
心權力已殫不惜此身善
但恐心期負含辛進此
歌願君一迴顧
己酉之冬余將有事於

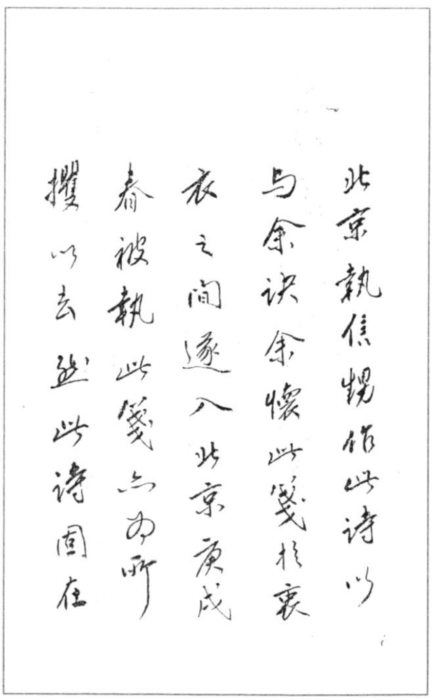
北京執信媿作此詩以
與余訣余懷此箋於裏
衣之間遂入北京庚戌
春被執此箋亦爲所
攫以去並此詩固在

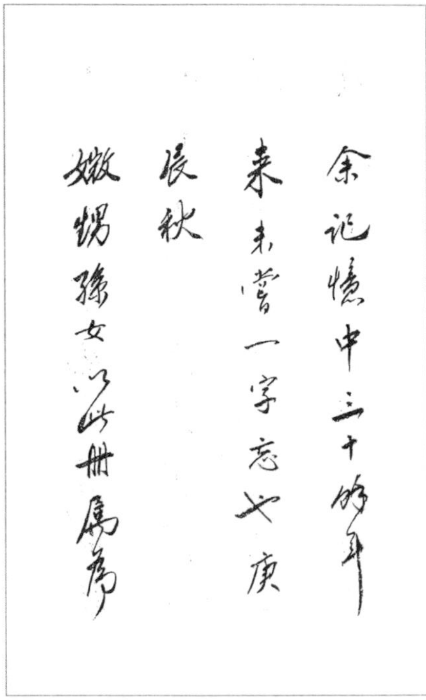

余記憶中三十餘年
來未嘗一字忘也庚
辰秋
媺錫孫女以此冊屬為

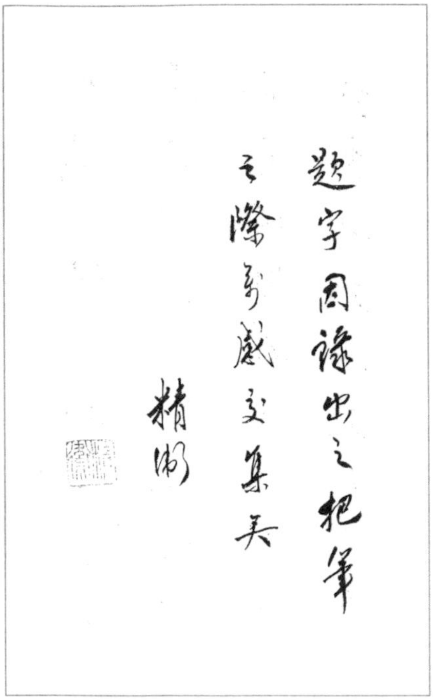

題字因錄出之把筆
之際感慨系之矣
精衛

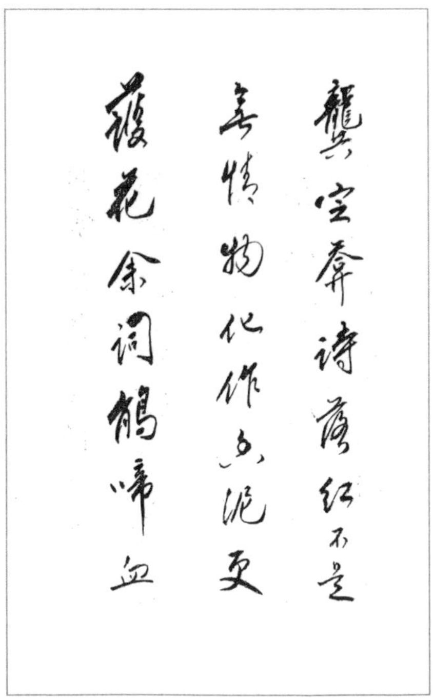

龔定庵詩落紅不是
無情物化作春泥更
護花余詞鵑啼血

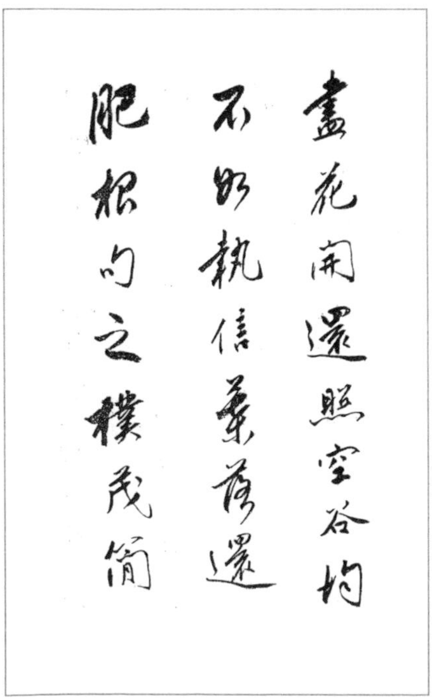

盡花開還照空谷均
不得執信葉落還
肥根向之樸茂簡

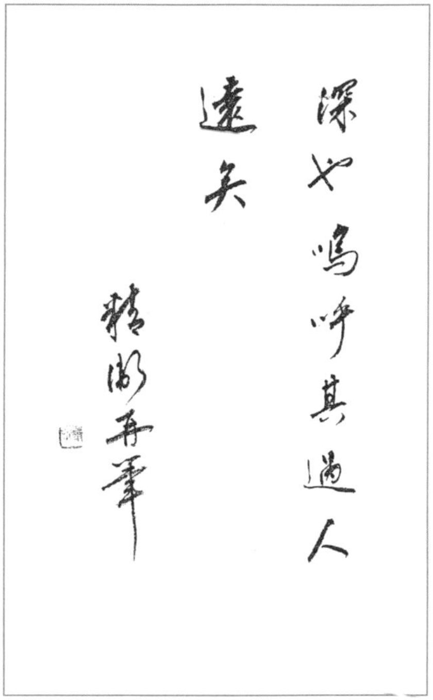

汪精衛為外甥朱執信次女朱媺所題，
末三圖見汪氏評語，
其中意思亦見「南社詩話」第十七則

〈代古決絕詞〉與〈代答〉（1926年寫）

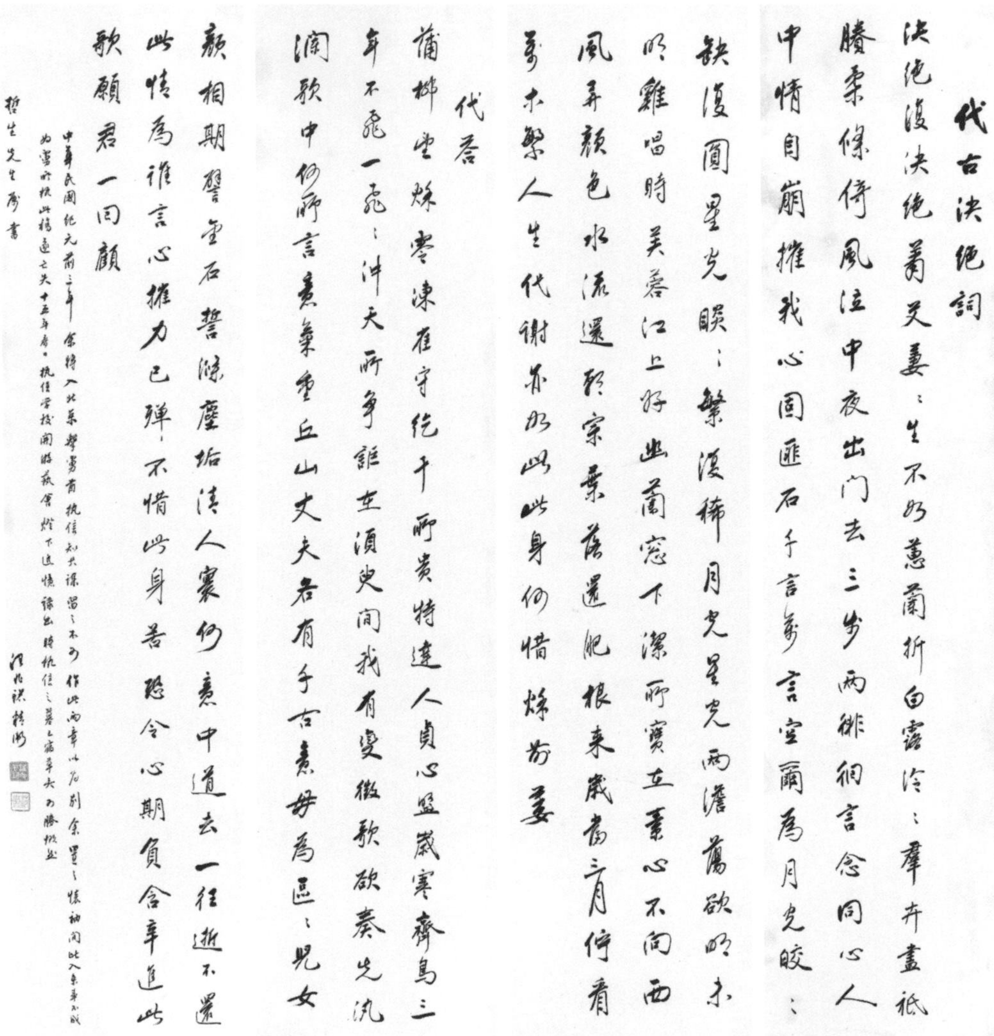

汪精衛題字：「中華民國紀元前三年，余將入北京擊虜酋。執信知其謀，留之不可，作此兩章以為別，余置之懷袖間。此入京事不成，為虜所執，此稿迹亡失。十五年春日，執信學校開游藝會，燈下追憶錄出。時執信之墓已宿草頭，可勝慨然。」（游藝堂主人唐楚男提供）

楊篤生遺詩

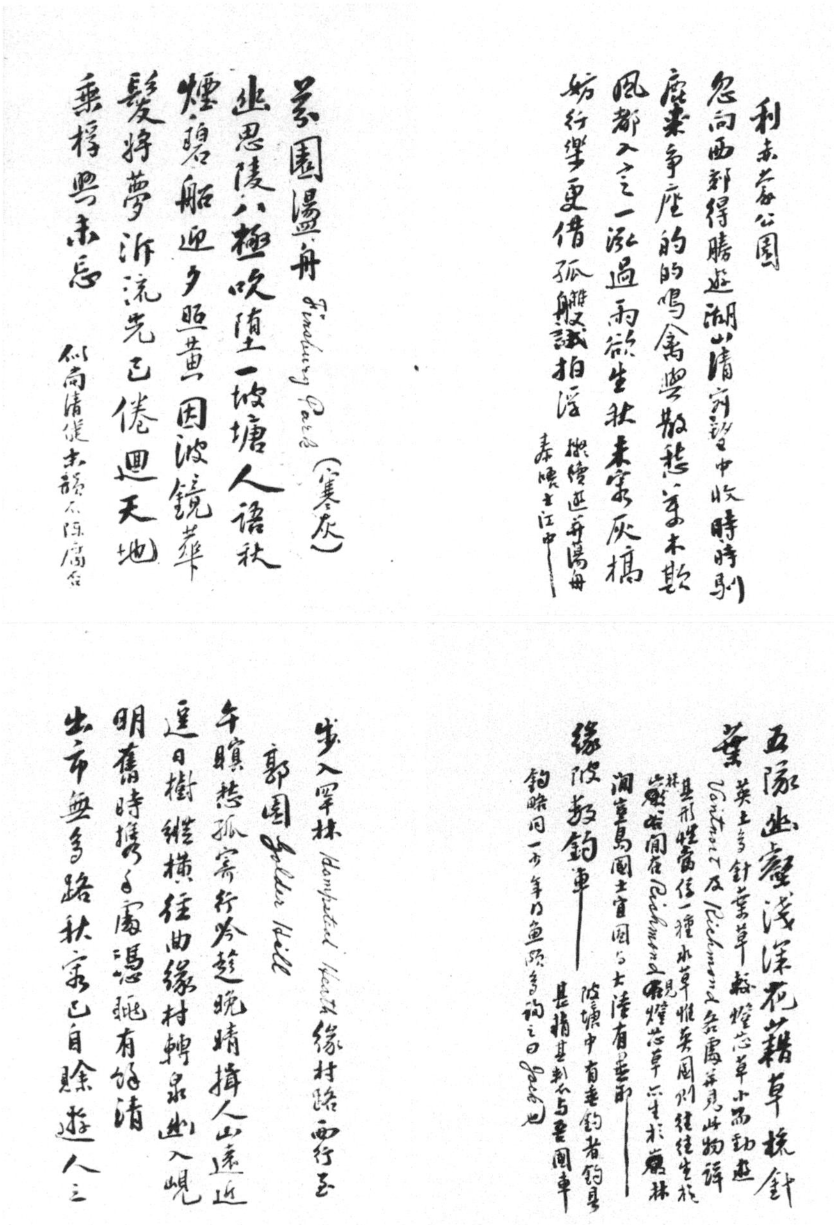

利未苍公園
忽向西郊得勝遊湖山清窈望中收時時
鹿棗爭屋的的鳴禽聲散悲草木欺
風都入之一派過雨欲生秋未寒灰稿
紡行樂更借孤艭識拍浮
擬傳遊歸陽母
秦懷生江中

菸園盪舟 Finsbury Park（寒灰）
幽思陵入極吹墮一陂塘人語秋
煙碧船迎夕照黃因波鏡華
髮將夢泝流光已倦迴天地
乘桴興未忘
似向清從未韻不陳腐否

五隊幽盧淺深花藉草梳針
葉 英土多針葉草類燈芯草小而勁遊
Vantnor 及 Richmond 各處並見此物詳
其形性當係一種水草惟英國則往往生於
林巖谷間在 Richmond 所見燈芯草亦生於巖林
潤室島國土宜固為大港有盛郎
緣陂數釣車
陂塘中有垂釣者釣具
其精其制亦與吾國車
釣略同一和年乃魚頭多詞之曰 Jack 也

步入罕林 Hampstead Heath 緣村路西行至
郭園 Golders Hill
午曠懸孤寄行吟趁晚晴擁人山遠近
逕日樹縱橫徑曲緣村轉泉幽入峴
明舊時攜手處憑記有餘清
出市無多路秋寒已自驗遊人三

來源：《甲寅》（東京），1914年第1卷第4期，頁21

曼珠《天討》畫作

獵胡

太平天國翼王夜嘯圖

陳元孝題奇石壁圖

《天討》（《民報》臨時增刊：1907），資料源自 Internet Archive

徐中山王莫愁湖泛舟圖

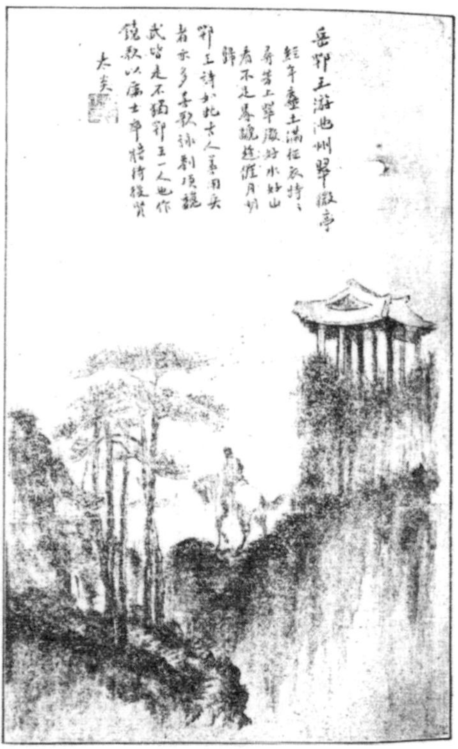

岳鄂王游池州翠微亭圖

柳亞子信札

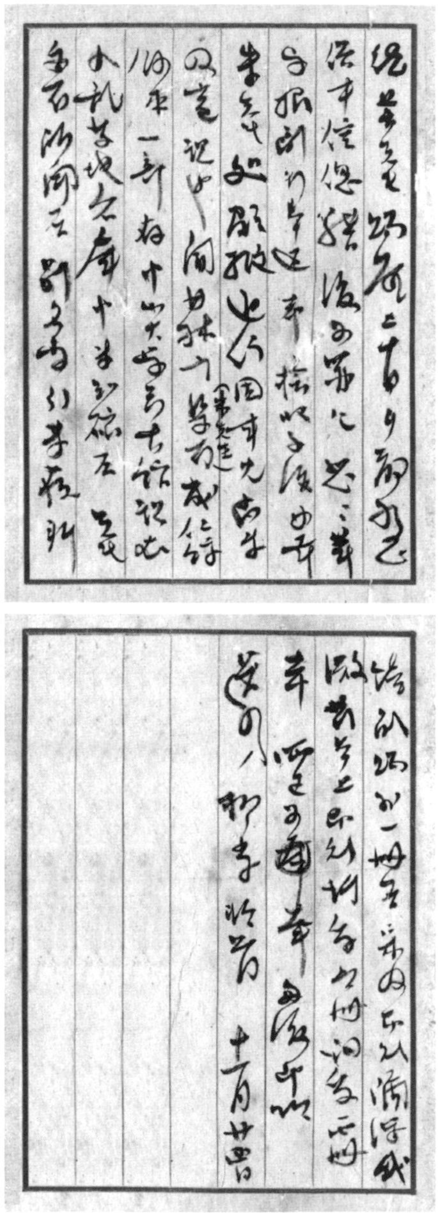

楊玉峰教授提供

黃節致何庚生信札

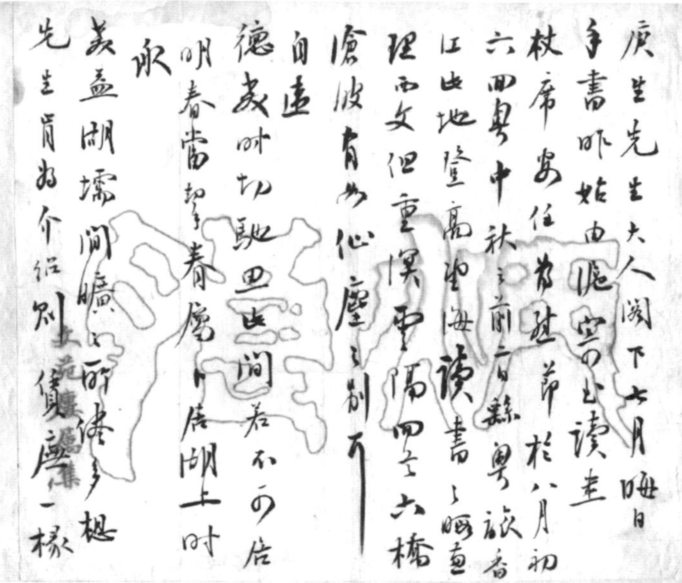

庚生先生大人閣下：七月晦日
手書昨始由滬寓寄到，讀悉
杖履安佳為慰。節於八月初
六回粵，中秋前二日離粵，旅香
江山地，登高望海，讀書之暇，畫
理而文，但重溟雲隔，四望六橋
滄波，有如仙塵之別，可
自遣
德友時切馳思，此間若不可居，
明春當即春廬卜居湖上，時
承
義益，湖壖間曠之所，佳多極
先生肯為介紹，則僦廛一椽

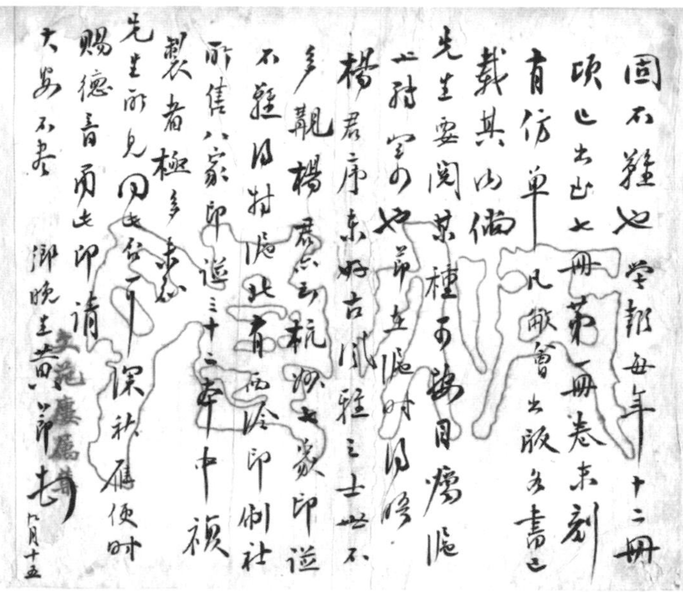

固不難也。學報每年十二冊，
頃已出至七冊，第一冊卷末刻
有仿單，凡敝會出版各書已
載其內，備
先生要閱某種，可按目屬滬
上社寄呈。節在滬時見
楊君，席東好古，風雅之士，世不
多覯。楊君今至杭州，知其印譜
不難。日前滬上有西泠印社
所集八家印譜，三十二本中
製者極多。未知
先生所見否？深秋催便，時
賜德音，并此即請
大安，不具。
晚生黃節頓首　八月十五

梁基永博士提供

陸丹林致何一峰信札

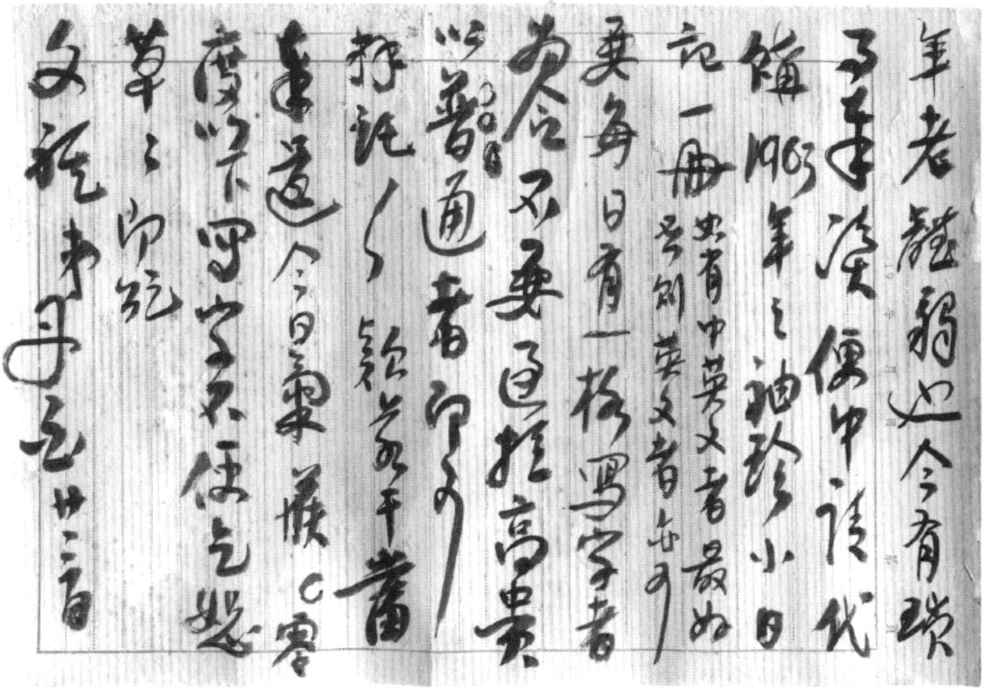
年老體弱也。今有瑣
事奉瀆，便中請代
購1963年之袖珍小日
記一冊（如有中英文者最好，另則英文者亦可）
要每日有一格寫字者
為合，不要過於高貴
以普通者即可（小的）
拜託拜託，餘容再肅
專達。今日氣候○零
度以下，寫字不便乞恕
草草即頌
文祺 弟丹上 廿二日

梁基永博士提供

潘飛聲扇面

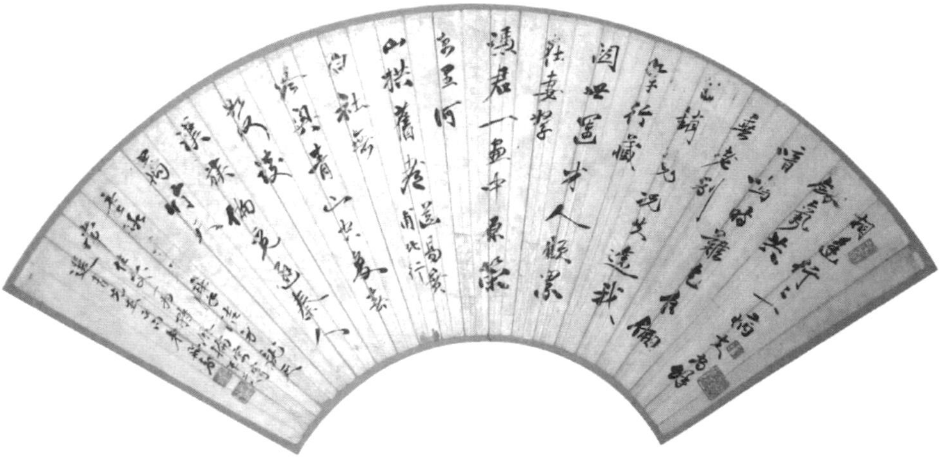

蔡守與談月色合作扇

梁基永博士提供

鄧爾雅篆書《孝經》扇面

梁基永博士提供

附錄六：「南社詩話」人物

- 「南社詩話」內容包括詩論及大量清末民初逸事，凡詩話中與此兩點相關者，皆整理輯錄於下，見於詩作內容者則不錄。

- 人物名稱按筆劃順序排列，並以本名先行，詩話提及之其他字號、別名則置於（ ）內。

- 人物相關之則數以數字標示，如第一則為1，第一則為2。

•

小平總治（小平綏方）：47

于伯循（于右任、髯、髯翁）：4，15，17，18，19，45，52

山縣有朋：4

土默特・立山：27

王士禛（王漁洋）：34

王夫之（王船山）：34，37

王維：34

王闓運（王壬秋、王湘綺）：43

王寵惠：28

王瀾（王學錄）：3

跋｜李耀章

首先感謝汪精衛紀念託管會的何重嘉女士，令編者有幸參與此計劃。《汪精衛南社詩話》增訂本是編者繼《汪精衛政治論述》匯校本後第二部與託管會合作的書籍，計劃原意本為推出電子書前再校印刷本內容，以精益求精。不意展開工作後，發現尚可於版本不同處着力。雖然出版計劃一再延後，幸得何女士給予的彈性與包容，令校對工作得以提升至研究程度，最終亦可與廣大讀者分享成果。

因政治、歷史等等原因，汪精衛詩作及清末民初的遺民詩多未能受正視，或甚有種種偽作出現，令世人難以一覩詩人本色。編者乘是次編輯《南社詩話》的機會，接觸到大量一手或偏僻材料，既開自己眼界，亦對革命烈士有更深一層認識。趙伯先「大好頭顱拼一擲」的豪邁、林天羽「生死了不關，期於事有濟」為國捐軀的覺悟、孫中山「我有一首詩，天下無人知。有人來問我，連我都唔知。」的風趣幽默等等，都值得世人好好細味、品嘗。

書生手無縛雞力，惟以文字保留、還原歷史。希望未與眾人同醉的讀者朋友，能一起暢遊字裏行間，從詩作中好好感受中華民族的痛與愛。

〈編《汪精衛南社詩話》增訂本有詠〉

平安世說鬼雄事，可記英魂忠血真。
豈有少年甘獻首，但聞天下苦亡身。
時憂同赴無名眾，詩興猶存護國神。
且任悠悠功過議，微軀大義早成仁。

鳴謝

《汪精衛南社詩話》增訂本歸納各種一手資料，包括最近公開的報章資料庫《中華日報》等，使祖父以「曼昭」署名所撰的「南社詩話」，能以最為完整之面貌出版。這份重大的工作要歸功於編輯朱安培和李耀章，他們的主張校訂，讓讀者能承此基礎進一步鑽研南社。也感謝從第一次發表《汪精衛與現代中國》起便一直為叢書效力、為團隊砌磚鋪瓦的編輯朱安培。過程中，更少不了梁基永博士替出版計劃提供寶貴意見及支持，以及黎智豐博士的校閱。李耀章更為是次跨時間、跨地區的編輯經驗賦詩一首，尤其讓人感動。

感謝楊玉峰教授肯定本書之價值，並親撰序言，為《汪精衛南社詩話》的作者身份作出一槌定音的定論，他的建議和指導對我們工作大有裨益。感謝汪威廉博士證實他手上的汪精衛手稿複印件與我們手上的版本無異，並讓我們收錄他的文章。「附錄」中，還有李耀章精心編彙的人物索引、梁基永博士與楊玉峰教授分享「南社」成員作品，替本書增色不少。感謝王克文教授以其對汪氏史料之研究專業，幫助我們校閱本書。

感謝曾醒在報章散佚前，率先剪輯收藏《南華日報》1930至31年刊登的「南社詩話」，引起父親對「南社詩話」的興趣。沒有父親保藏汪精衛「南社詩話」的手稿影印本，這份文學著作亦可能永遠被遺忘，當中詩人不同面貌的詩作紀錄亦會因此消失。全因先人的遠見，《汪精衛南社詩話》方能出版。

何重嘉
汪精衛紀念託管會

意見回饋

是次問卷旨在收集讀者對本會出版之意見，
所收集資料除研究用途外，或會用於宣傳。感謝參與，
有賴您們支持讓本會出版更好的書！